道草

路边草

夏目漱石

柯毅文 —— 译

上海译文出版社

著

Natsume Sōseki

道
草

一

健三曾离开过东京，几年后，又从遥远的地方①归来，在驹込后街②安了家。他踏上故土时，感到亲切中带有一种孤寂味。他刚离开那个国家，身上还沾有那里的习气。他讨厌那种习气，想尽早把它拂去，但对隐藏在其中的自豪感和满足感都没有加以注意。

沾有那种习气的人，总是神气活现的。他每天都是这副神态，按常规在千驮木③到追分的大街上往返两次。

一天，下着蒙蒙细雨。他既没有穿外套，又没有穿雨衣，只是撑着一把伞，沿着常走的街道，准时向本乡走去。正走着，在车店稍前一点的地方，迎面碰上一个意想不到的人。那人沿着根津寺后门外的坡道往上走，正好同他相向而行，朝北走来。健三无意中朝前望去，那人约在前面二十米的地方，进入他的眼帘。他不由得把自己的目光移开。

他想若无其事地从那人身边走过去。可又觉得有必要再确认一下那人的相貌。因此，当走近相隔约五米时，他再次把目光向那人投去。这时，对方早已死死地盯住他了。

街上寥无声息，两人之间只有细细的雨丝在不断地飘忽，彼

1

此要认清对方的面貌，没有任何困难。健三只瞟了一眼，随即向前方走去。对方却伫立在路旁，压根儿就不想离去，目不转睛地盯着健三擦身而过。健三感到那人的脸像是随着自己的脚步在慢慢地转动。

他已经多年不见那人了。他不到二十岁就与那人断绝了来往，至今，十五六年的岁月过去了，在此期间，他们从未见过面。

健三现在的地位和境况，用过去的眼光来看，的确起了根本的变化。他已经长了黑胡子，戴上了小礼帽，与早先剃光头时的模样相比，连他自己也不禁有隔世之感。对方却有点反常。不管怎么说，那人也该有六十五六岁了，为什么头发至今仍是那么乌黑呢？他心里好生奇怪。不戴帽子外出，是那人老早就有的习惯，至今未改，这一特点也给他带来了奇异的感觉。

健三本不乐意碰见那人。他曾这么想：万一碰上了，如果对方比自己衣冠整洁，当然再好不过。可是，眼前所见的这个人，谁都不会认为他的生活是很富裕的。即使不戴帽子是本人的自由，单从外褂或内衣来看，充其量也只能使人认为是从事中流以下营生的商家老人。健三甚至连那人撑的是一把显得很沉的粗布雨伞，也注意到了。

当天，他回到家里，一直没法把在路上碰见那人的情景抹去。那人伫立在路旁，直勾勾地望着他擦身而过的那副神态，不时地侵扰着他，弄得他心烦意乱。可是，他什么也没有告诉妻子。他有这

---

① 隐指夏目于1900年去英国留学，两年后又回到日本。
② 位于东京本乡，现属文京区。
③ 即驹达后街，夏目的住址。

种脾气：心情不好的时候，即使有不少想说的话，也不愿向妻子述说。妻子呢，面对沉默不语的丈夫，除了有要事以外，也绝不轻易开口。

一

　　第二天，健三在同一时间，又经过同一地点。第三天也经过那里，却不见那个不戴帽子的人从什么地方钻出来。他在那条常走的路上往返，显得那样机械而勉强。

　　一连五天都这样相安无事地过去了。第六天的早晨，那个不戴帽子的人突然从根津寺坡道的暗处钻出来，把健三吓了一跳。这次与上次的地点大致相同，时间也几乎一样。

　　当时，健三尽管意识到对方会慢慢接近自己，但他仍一如既往，机械而勉强地继续向前走。可是，对方的态度截然相反，眼睛里凝聚着足以使任何人望而生畏的目光，死死地盯住健三。从那阴沉可怕的眼神里，可以清楚地看出那人在寻思，只要有空子，就要向他靠过来。健三毫不迟疑地从那人身旁冲了过去。

　　"老是这样下去终归是不行的。"健三心里有这种异常的预感。

　　当天回到家里，他仍然没有把不戴帽子的人的事告诉妻子。

　　他和妻子结婚已有七八年了。当时，他已跟那人断了关系，何况结婚的地点又不在故乡东京，妻子当然不会直接知道那人。如果有所传闻，那只能是出自健三本人的嘴，或是从他的亲戚那里听到，对健三来说，这不是什么了不得的事。只是结婚之后，有一件与此有关的事，至今还经常在他的脑海里浮现。五六年前，他还在外地的时候，有一天，在他工作单位的桌子上，意外地放着一封女人字体的厚信。他好奇地拆开了这封信，可是，费了很大的劲也没有把信看完，因为密密麻麻的小字，写了约有二十张。他只大致看了五分之一，就把信交给了妻子。

当时，他认为有必要向妻子说明写来长信的女人的情况，更有必要把与这女人有关的那个不戴帽子的人拉来作证。健三依然记得当时自己被迫这样做的情景。可是，健三喜怒无常，当时向妻子作的说明详尽到了什么程度，这一点已经没有印象了。因为这是有关女人的事，妻子也许还记得清清楚楚，可他却无心再去询问妻子。他不愿意把写长信的女人和不戴帽子的男人摆在一起，因为这样会勾起他去回忆自己不幸的往事。

好在他眼下的处境没有工夫去为那些事情操心。他回到家里，换好衣服，马上钻进自己的书斋。他待在这六帖①的小房间里，感到要做的工作堆积如山。而实际上，比起工作来，还有一种非承受不可的刺激更强烈地支配着他，这自然使他焦急不安。

在这六帖的房间里，他打开从遥远的地方带回来的书箱，取出外文书，盘腿坐在如山一般的书堆里，过上一个星期，甚至两个星期。他随手抓到哪一本，就拿过来看上两三页。正因为如此，这间至关紧要的书斋总是凌乱不堪，顾不上收拾。末了，来访的朋友实

---

① 一帖为一张榻榻米大小，约1.62平方米。

在看不顺眼，就不分前后顺序，也不管册数多少，把所有的书都归置在书架上。许多了解他的人，都说他是神经质，他却认为这是自己的习性。

三

　　的确，工作一天天追逼着健三，即使回到家里，也不得片刻清闲。而且，他很想看看自己要看的书，写写要写的文章，考虑需要考虑的问题。因此，他几乎不知道世间有"清闲"二字，而始终被拴在桌子跟前。

　　他忙得很少到娱乐场所去，有时朋友劝他去学学谣曲，他也婉言谢绝。别人那么空闲，他感到奇怪，但自己对待时间的态度，简直跟守财奴对待钱财一样，他却根本没有觉察到。

　　客观的形势迫使他不得不避开社交，也不得不避开旁人。像他这种人，思想上与铅字的交道越复杂，就越会陷入个人的苦海。有时他也模糊地意识到生活的孤寂，却又坚信自己心灵的深处埋藏着一团异乎寻常的烈火。因此，尽管他朝着寂静的旷野，迈步在生活的道路上，却仍然认为自己天性如此而聊以自慰。他绝不认为热情的人的血会趋向枯竭。

　　亲友们都把他当作怪人。可是对他来说，这并不构成了不得的痛苦。

　　"受的教育不同，有什么办法呢！"他经常暗自替自己辩解。

"恐怕是自我欣赏吧!"妻子总是这么认为。

可怜健三竟无法摆脱妻子的批评。每逢妻子这么说的时候,他就显得不高兴,有时打心眼里埋怨妻子不理解自己,有时会骂上几句,有时还会强顶硬撞,跟虚张声势的人说话一样,把火发在妻子身上。到头来,妻子只是把"自我欣赏"四个字改成了"大吹大擂"四个字。

他有一个同父异母的姐姐和一个哥哥。说到亲属,除了这两家别无他处。遗憾的是,他与这两家的来往也不怎么密切。与自己的姐姐和哥哥关系疏远,他也觉得这种现象不正常,心里不是滋味。可是,他把自己的工作看得比与亲属来往更为重要,何况回到东京之后,已经与姐姐和哥哥见过三四次面,这一事实也使他多少有理可说。如果不是那个不戴帽子的人突然挡住了他的去路,他还会跟往常一样,每天只需按常规在千驮木的街道上往返两次,暂时无须往别处去。在这期间,如果有个星期天可以舒坦一下,也不过是在铺席上伸展开疲劳的四肢,美滋滋地睡半天罢了。

可是,下一个星期天来到时,他突然想起在路上两次碰见那人的事,立即想去姐姐家。姐姐家在四谷津守坡旁边,要从大街上往胡同里走进去约莫一百米。姐夫要算是健三的表哥,当然也是姐姐的表哥,但不知他俩是同岁,还是相差一岁。在健三看来,他们两人都比自己大一轮。姐夫原来是在四谷区公所工作,现在既然辞了该职,再住在津守坡对现在的工作地点来说就不太方便了。可姐姐不愿离开这个熟人多的地方,还是住在原来的老房子里。

四

　　姐姐有气喘病，一年到头叫唤难过。尽管如此，由于她生来是个急性子，除非实在忍受不了，是绝不肯闲待着的；做点什么事，不在狭小的屋子里转个没完没了也是不肯罢休的。健三认为她那个沉不住气的庸俗样子，实在太可怜了！

　　姐姐还是个特别爱唠叨的人，而且唠叨起来毫不顾体面。健三与她相对而坐，只好沉默不语，显得有苦难言。

　　"就因为她是我的姐姐嘛！"与姐姐谈话之后，健三心里总是这么感慨无量。

　　这一天，健三看到姐姐跟往常一样，用袖带挽起袖子，在壁柜里翻来翻去。

　　"啊，好久不见，来得正好。来，用这个垫着坐吧！"

　　姐姐把坐垫拿给健三，自己到廊檐那边洗手去了。

　　健三趁姐姐不在，环视了客厅，横楣上还挂着他小时候见过的旧匾。他想起在十五六岁时，这家的主人曾告诉他：匾额落款筒井宪①，确实是旗本②出身的书法家之类的人，他的字是出类拔萃的。健三当时管这家主人叫阿哥，经常到那里去玩。其实就年龄来说，有着叔侄般的差别。可是，两人总爱在客厅里摔跤，每次都要挨姐姐的骂。有时，两人爬到房顶上去摘无花果吃，把果皮扔向邻家的院子里，人家找上门来。有时主人骗他，说给他买个带盒子的罗盘，可是过了好久，仍不见兑现，使他特别怀恨在心。更可笑的是，与姐姐吵架之后，自己下了狠心：这回即使姐姐来道歉，也不宽容她。可是，等来等去，姐姐就是不来道歉。莫奈何，自己只好厚着脸皮找到姐姐家去，又窘得不知如何是好，光是不声不响地站在门口，直等到姐姐松了口，才进到屋里去……

健三望着那古老的匾额，就像面对着促使他回忆起儿时情景的明亮的探照灯。他感到姐姐和姐夫以往那样照顾自己，如今自己却不能加倍还报，心里十分内疚。

"近来身体怎么样？没有怎么大发作吧？"他望着坐在自己面前的姐姐的脸这么问。

"嗯，谢谢。托福，精神还算好。不管怎么着，家里这点事还能做得了……可是年龄不饶人，实在没法像过去那样拼命喽！早先，健弟来玩的时候，我会撩起衣襟，连你的小屁股都给洗干净了，可如今实在是没有那个精力了。好在托你的福，每天总算能喝上牛奶……"

虽说为数不多，健三总不忘每月给姐姐一些零用钱。

"好像瘦了一些呢！"

"哪里，我就是这个样子，有什么办法！我从来就没有胖过，也许是肝火太旺的缘故吧。一发火，就胖不起来喽！"

---

① 德川幕府末期的官员，实为简井政宪，落款时省去了"政"字。
② 旗本为德川幕府的官职，即将军的直属武士。

姐姐挽起袖子，把瘦骨嶙峋的胳膊伸到了健三面前。她眼睛深陷，眼圈稍黑，眼皮松弛，显得无精打采。健三默默地盯着姐姐那干瘪的手掌。

　　"说起来，健弟现在干得不错，真是再好不过。你出国的那个时候，我还心想自己怕是难以活着再见了。可是，你瞧，这不是好好地回来了吗！如果阿爹和阿妈还健在，该有多高兴啊！"

　　不知什么时候，姐姐的眼眶噙满了泪水。健三小时候，姐姐总是像口头禅似的说："等姐姐将来有了钱，健弟喜欢什么就给买什么。"当时还信以为真。可她又说："性情这么古怪的话，这孩子终归是不成器的。"健三想起姐姐往日说过的话和那种语气，心里暗自苦笑。

五

一追忆起这些往事，健三觉得好久不见的姐姐更加苍老了。

"说起来，姐姐今年多大啦？"

"老太婆喽！又过去一年了嘛，你说呢？"

姐姐笑着露出了稀疏的黄牙齿。的确，连健三也没有想到她已经五十一岁了。

"这么说，比我大一轮还多喽！我还以为顶多相差十岁、十一岁呢。"

"怎么大一轮呢？我与健弟相差十六岁。你姐夫属羊三碧①，我属四绿②，记得健弟你是属七赤③的。"

"属什么星我不懂，反正我三十六岁了。"

"你算算看，肯定是属七赤。"

健三根本不懂得怎么算自己的星属。关于年龄的事，就谈到这里为止了。

"今天，姐夫不在家？"健三问起了比田的事。

"昨晚又是他值班。说起来，如果光是值自己分内的班，一个月轮上三四次也就行了。可是，还有别人求他顶班。可不，只要顶上一个晚上，就没完没了，他甚至想把别人的班全包下来。这些日子，住在公司和回家里来，大致各占一半。说不定住在公司里的日子反而更多些呢！"

比田的桌子摆在拉门旁边，健三默默地望去，上面整整齐齐地放着砚台盒、信封、信纸。桌子的一端还立着两三本记事用的笔记本，红色的书脊正对着健三。还有一把光亮好看的小算盘摆在本子的下方。

据传，比田近来与一个奇怪的女人勾搭上了。还有人说，他把那女人安置在离自己工作单位很近的地方。健三想：说是值夜班，值夜班，不能回家来，也许原因就在这里吧。

"比田姐夫近来好吗？也许与过去不同，年纪大了，变得老成了吧？"

"什么呀，还是那个样子。他呀，是特意为个人享福才生到这个世上来的，有什么法子！不是去听说书，就是去看戏，再不就是看摔跤。只要有钱，一年到头到处闲逛。可也奇怪，也许跟上了年纪有关吧，与过去相比，像是和气些。正如健弟知道的，早先他性子可暴躁啦！不是踢，就是打，抓住我的头发，在客厅里打转……"

"姐姐也不示弱呀！"

"什么呀，我可是始终没有动过一次手。"

健三想起过去姐姐那股倔强劲，禁不住发笑。夫妻俩扭打起来，根本不像姐姐自我表白的那样，光是挨打。特别是那张嘴，姐姐要比比田厉害十倍。尽管如此，从不饶人的姐姐又是多么令人可怜

---

①②③ 都属于九星，分别位于东、东南、西方。

啊！她受了丈夫的骗，居然深信丈夫既然没有回家，就准是在公司里过夜。

"好久不来，姐姐请吃什么好东西呢？"健三边望着姐姐的脸边说。

"感谢提醒，虽然如今生鱼片并不稀罕了，但还可以弄来吃吃吧！"

只要来了客人，不管人家有没有时间，姐姐总要让人家吃点东西，否则是不会放行的。健三只好稳稳当当坐下来，准备把装在肚子里的话，慢慢地说给姐姐听。

六

健三最近也许用脑过度，胃总是不好，偶尔也想起要运动运动，可是，一运动反而更加感到胸部发闷，腹部发胀。他很注意，除了三顿正餐之外，尽可能不吃别的东西。尽管如此，还是挡不住姐姐把东西硬塞过来。

"紫菜饭团对身体没有什么害处，是姐姐特意为健弟弄来的，所以一定得尝尝。喜欢吗？"

健三无可奈何，只好把乏味的紫菜饭团，放进牙齿被香烟熏坏了的嘴里，勉强地咀嚼着。

姐姐唠唠叨叨，健三一直没能把自己想说的话说出来。尽管自己有事要问姐姐，但在谈话中尽是姐姐在问。他憋得难受，姐姐却毫无觉察。

姐姐喜欢请人吃东西，也喜欢送人东西。她说要把健三赞赏的达摩大师旧挂轴送给他。

"这种东西，挂在这里也没有用，你就拿去吧！这么脏的挂轴，连比田都不想要了。"

健三没说要，也没说不要，只是苦笑。这时，姐姐像有什么悄悄话要说似的，突然放低了声音。

"是这样，健弟，你回来之后，我就想跟你说，可一直拖到今天还没有说出来。健弟刚回来，一定很忙。姐姐我要上你那里去吧，又有阿住在，有点不好开口。那就写信吧，可是，你知道，我不会写……"

姐姐的开场白既冗长又可笑。小时候，怎么让她学习，记忆力就是差，无论多么容易的字，总是装不进脑子里，就这样活到今天五十来岁。想到这点，健三认为她是自己的姐姐，应该同情，但也为她羞愧。

"那么，姐姐到底要说什么呢？说实在的，我今天来倒是有话要跟姐姐说啊。"

"是吗？那么，轮着来，你先说吧！为什么早不说呢？"

"可是，哪能插得上嘴呀！"

"就别那么客气啦，姐弟之间嘛，是不？"

姐姐自己不停地唠叨，堵住了别人的嘴。这是明摆着的事实，姐姐却丝毫没有察觉到。

"这样吧，还是姐姐先说。姐姐要说什么呢？"

"的确，说起来很对不起健弟，不好开口啊！可是，我年纪大了，身体越来越差。再说，你姐夫又是那个样子，只顾自己过得好，老婆过得怎么样，他根本不管……每个月的收入本来就少，何况还要交际应酬。因此，要说没法子，也的确是这个样了……"

因为是妇道人家，姐姐说起话来，总爱绕弯子。很简单的事，总是不能直截了当地说清楚。当然，健三对中心意思是明了的，也就是说，她要健三每月再多少增加一点零用钱。可是，健三听说现有的那点钱，也常被姐夫骗去。姐姐提的这个要求，他觉得既可怜又可气。

"姐姐想求你帮一把。就姐姐来说，身体这样下去，恐怕也是不久人世了！"

这是从姐姐嘴里最后说出来的话。健三当然不能有半点厌烦。

七

　　健三还得赶紧回家去，晚上要安排好明天的工作。可是对面坐着的姐姐，一点不知道时间的宝贵，总是唠叨个没完没了。他像热锅上的蚂蚁，有苦难言，心想一走了之。就在刚站起身来的一刹那，他终于说出了不戴帽子的人的事。

　　"是这样，最近我碰上了岛田。"

　　"哦！在哪里？"姐姐好像感到吃惊。没有受过教育的东京妇女，总爱这样故作惊讶。

　　"在太田的空地①旁边。"

　　"那不是就在你家附近么？怎么样，跟他说什么来着？"

　　"说什么呀，没有什么好说的。"

　　"是啊。可是健弟不开口，对方是没有脸面开口的呀！"

　　姐姐说话，总是尽可能迎合着健三的心意。她问健三："他是什么样的打扮呀？"又问："还是不那么富裕吧？"听起来，多少带点同情的语气。可是，一谈起那人的过去，姐姐的怨恨情绪就越来越大了。

　　"再怎么不通情理，也没有像他那样的。说什么今天可是到期了，无论如何得拿走。任你怎么跟他解释，他就是死赖着不走。最后，我生气地说：'对不起，要钱没有，如果能用东西顶，锅也好，炉灶也好，任你随便拿走吧！'他居然说：'那好，把炉灶拿走。'太不像话啦！"

"什么把炉灶拿走，那么重，拿得了吗？"

"可是，他那么顽固不化，说不定真会干出什么事来。你瞧，他想让我当天做不成饭。他就是这么个用心不良的人。反正往后不会有好事。"

健三不单纯把这话当作一种笑语。在那人与姐姐之间的这段争执里，也涉及自己过去的形象。对他来说，与其说觉得可笑，不如说觉得可悲。

"我已经碰上岛田两回了。姐姐，往后说不定什么时候还会碰上的。"

"不要紧，佯装不知道好啦，碰上多少回都不用理他。"

"可是，他是特意附近路过、在寻找我的住址呢？还是另外有事、路过时巧遇上的呢？我就弄不清楚了。"

姐姐无法解开这个疑团。她只能说些健三听了称心的话。健三感到这种奉承话显得很空洞。

"打那以后，他根本没有到这里来过吗？"

"可不，这两三年压根儿就没来过。"

"以前呢？"

"要说以前嘛，虽说不是常来，但也没有少来。更可笑的是：他

---

① 指本乡区驹达千驮木街的空地。

每次来总是十一点钟左右，如果不让他吃点鳗鱼饭之类的东西，他是绝不会走的。一日三餐，哪怕在别人家里吃上一顿也好，这就是他的小算盘。至于衣着，反倒穿得相当讲究……"

姐姐说话常常容易离题。健三听了这话，只知道自己离开东京之后，姐姐和那人在经济上还有些来往，别的什么都不知道。至于岛田目前的情况，更是无从知晓。

八

"岛田现在还住在老地方吗？"

连这样一个简单的问题，姐姐也无法明确回答。健三有些失望。好在他并不打算主动去查访岛田现在的住址。他认为目前没有必要为此费尽心机，因此也不算大失所望。他考虑过：即使费心去找，也只是为了满足某种好奇心，何况眼下必须抛弃那种好奇心。他若把时间花费在这件事上，其代价未免太大了。

他只需闭上眼睛，小时候见过的那人的家和其周围的情景就浮现在眼前。

那里，路边有条百来米长的大水沟。沟里死水混杂着烂泥，到处冒出苍黑色，甚至散发出一阵阵恶心呛鼻的臭气来。他记得这肮脏的地方过去是用某某先生的公馆来命名的。

水沟那边，并排盖着许多大杂院，每户开一个昏暗的四方窗。这些房子贴着石墙，彼此紧密相连，所以公馆里的样子是完全看不见的。

公馆的另一边，稀稀拉拉地盖着一些小平房，有旧房，也有新房，凌乱地混杂在一起；街道当然很不整齐，就像老人的牙齿，到处都是空缺。岛田就是买了一小块空缺地，修建了自己的住宅。

健三不知道那住宅是什么时候盖好的，第一次去那里时，新屋刚落成不久。房子不大，只有四间，但小孩都能看出，木料是经过细心挑选的，房间的布局也很讲究。六帖的客厅，朝向东方。在铺满了松树叶的小院子里，竖着花岗石灯柱，虽说大得过分，却很壮观。

岛田喜爱洁净，经常掖着衣服的下摆，自己动手用湿抹布揩擦廊檐和柱子。然后光着脚到朝南的起居室的前院去栽花种树，拔除杂草。有时还拿起锄头，去疏通门外的泥沟。泥沟上架有四尺来长的木桥。

除了这座住宅之外，岛田另外修建了一栋简陋的出租房。为了便于从两屋之间穿到房后去，还铺了一条三尺宽的路。房后的野地和田园，都是未经整修的湿地，脚踩在草地上，湿漉漉地渗出水来，洼陷最深的地方几乎成了浅池塘。岛田本想向那边发展，逐步盖些小的出租房，但一直未能如愿实现。他还说，到了冬天，野鸭子会飞落下来，这回要抓一只……

健三把这些往事反复回味了一番。他想如今若是再去看看，那里肯定发生了惊人的变化。这么一来，他更加觉得二十年前的情景犹如就在眼前。

"贺年卡嘛，你姐夫说不定还会寄的吧！"健三往回走时，姐姐说起了这件事，劝他留下来，等比田天黑回家来聊聊再走。可是，他觉得没有那个必要。

当天，健三本想再到市谷药王寺前去看望好久不见的哥哥，顺便问问岛田的情况。可是时间已经晚了，而且他越来越强烈地感到：反正打听到了也没有什么好办法。因此直接回到了驹込。当晚，因忙于筹划第二天的工作，就把岛田的事忘得一干二净了。

九

　　健三又跟平素一样，可以拿出大部分精力来用于自己的事业。他的时间在静静地流逝。在这寂静的气氛中，烦恼始终在纠缠着他。妻子只是在远处观望，无法介入，也就没去管他。健三认为妻子这种冷漠是不应有的。妻子内心里也把同样的责怪反加在丈夫的身上，因为她认为：既然丈夫要有更多的时间待在书斋里，那么，除了有要事以外，夫妻间的交流就理应减少。

　　她只好把健三一个人撇在书斋里，光是和孩子们在一起。孩子们也很少到书斋里去，偶尔进去淘气，肯定要挨骂。他总是骂孩子，可对孩子们不亲近自己又感到缺少点什么。

　　周末的星期天，他整天没有外出。为了换换空气，四点钟左右他就上了澡堂，回到家里，顿时觉得心旷神怡，于是他摊开手脚，在铺席上睡着了。直到晚饭时刻被妻子叫醒之前，他像丢了脑袋似的睡得不省人事。可是，一起来吃饭，就感到似乎有一股微微的寒气，沿着脊背往下窜，接连打了两个大喷嚏。妻子在旁边没有吭声。健三没有说什么，但心里厌恶妻子缺乏同情心，独自拿起了筷子。妻子也认为丈夫为什么有话不直截了当跟自己说，主动把她当妻子使唤？所以反而闷闷不乐。

当天晚上，他清楚地意识到自己有些感冒，本想早点睡觉，但终于在已经着手的工作的逼迫下，一直坚持到十二点多钟，上床的时候，他很想喝杯热葛粉汤发发汗，但家里人都入睡了，不得已只好钻进冰凉的被子里。他感到异常寒冷，苦于难以成眠。可没过多久，终因头脑疲乏，使他进入了深沉的梦乡。

第二天醒来，周围特别宁静。他躺在床上，以为感冒已经好了。起来洗脸的时候，却感到身子瘫软无力，没法像平时那样用冷水擦洗。他鼓起勇气走到饭桌旁，但食欲不佳，平常早饭定量吃三碗，这天只吃了一碗，然后把梅干泡在热茶里，呼呼地吹着咽了下去，连他自己也不解其味。这时，妻子虽然在一旁伺候，却没有说什么。他认为妻子是故作冷漠，心里难免有些生气。他装作咳了两三声，妻子还是没有理睬。

健三匆匆地把白衬衫从头上套进去，换上西服，按往常的时间出了门。妻子照常拿着帽子，把丈夫送到大门口。可是，此时此刻，他认为妻子是个光讲形式的女人，也就更加厌恶她了。

出门之后，他仍然感到难受，舌头不灵，而且发干，全身怠倦得像发烧的人一样。他摸了摸自己的脉搏，跳动之快，使他大吃一惊。手指触及的脉搏跳动与耳朵听到的怀表秒针走动声相互交错，节奏完全不同。尽管如此，他还是咬着牙，在外边把要做的事全做完了。

一〇

　　他按往常的时间回到家里，在换下西服的时候，妻子照例拿着他的便服站在身旁。他却面无悦色，把脸朝向另一边。

　　"给铺床吧，我要休息。"

　　"嗯。"

　　妻子照他的吩咐铺好了被子，他随即钻进去睡了。他没有向妻子提起自己感冒的事，妻子也装着视而不见，可彼此心里都不平静。

　　健三闭上眼睛昏昏欲睡，妻子来到枕边叫唤他。

　　"你用饭不？"

　　"不想吃。"

　　妻子沉默了一会，但没有马上起身离去。

　　"你是怎么啦？"

　　健三没有搭腔，半个脸揢在被头里。妻子没有说什么，只是把手悄悄地放在他的额头上。

　　晚上，医生来了，说只是感冒，给了药水和分服的药剂。他从妻子手里接过药来喝了下去。

　　第二天他仍在发高烧。妻子根据医生的嘱咐，把胶皮冰囊放在他的额头上。本来应该用镍制控制器插在褥子底下把冰囊控制住，但在女仆未买回来之前，她一直用手按住，不让冰囊滑下来。

两三天来，周围的气氛一直像着了魔似的，可在健三的头脑里几乎对此没有留下任何印象。他恢复了元气，若无其事似的看了看天花板，又看了看坐在枕边的妻子，这才猛然想起自己得到了这位妻子的照料，但他什么也没有说，又把脸背了过去。丈夫的情意根本没有反映到妻子的心里去。

"你怎么啦？"

"医生不是说感冒了么！"

"这，我知道。"

对话就此中断了。妻子带着厌倦的神态走出了房间。健三拍着巴掌又把她叫回来。

"你是问我怎么啦？"

"什么怎么啦？……你病了，我为你又换冰囊，又喂药，可你呢，不是说待到一边去，就是说别碍事，未免……"妻子话没说完就低下了头。

"不记得说过这种话呀！"

"那是发高烧时说的话，也许记不得了。可我认为：如果平时不是那么想，再怎么病，也不至于说那种话。"

妻子这话的真意究竟是什么？对此，健三往往不是扪心自问，而是总想发挥自己的才智立即把妻子驳倒。如果撇开事实只谈理论，即使在眼下，妻子也是说不过他的。发高烧、麻醉昏迷、做梦，在这种时候说的话，不一定就是心里想的事。当然，这种说法是很难使妻子信服的。

"行啦，反正你打算把我当女仆使唤，你爱怎么样就怎么样……"

健三望着起身离去的妻子的背影，心里有些生气，可自己以理论权威自居，却毫无察觉。依他那满是学问的头脑来看，妻子在明摆着的道理面前，不能心悦诚服，只能说明她是个不明事理的人。

一一

当晚，妻子把装在砂锅里的粥端来，又坐在健三的枕边，她一边往碗里盛粥一边问："要不要起来？"

他舌头上长满了苔，嘴里膜厚而发苦，根本不想吃东西。但不知因为什么，他却从床上翻身起来，接过妻子手里的碗。可是食不甘味，饭粒只是涩涩拉拉地滑进喉头。他只吃了一碗，就擦了擦嘴，随即照原样躺了下去。

"食而无味啊！"

"一点味也没有？"

妻子从腰带里抽出一张名片来。

"你睡着的时候，来了一个人。你有病，我挡驾了。"

健三依然躺着，伸手接过那张用上等日本纸印制的名片看了看，此人既不曾见过，也未听说过。

"什么时候来的？"

"好像是大前天。心想告诉你一声，可烧没有退，所以特意没有吭声。"

"我根本不认识此人嘛！"

"来人说：为岛田的事想来见见你家主人。"

妻子把岛田二字说得特别响，而且边说边注意健三的表情。这么一来，前不久在路上碰见那个不戴帽子的人的影子，立即闪现在他的脑海里。他高烧刚退，才清醒过来，还来不及考虑那人的事。

"你知道岛田的事吗？"

"那个叫阿常的女人寄来那封长信时，你不是对我说过么！"

健三没有搭腔，只是把放好在褥子底下的名片又拿起来看了看。关于岛田的事，当时向妻子说的有多详细？他已经记不清了。

"那是什么时候的事？是老早以前了吧！"健三想起把那封信交给妻子看时的心情，不禁苦笑起来。

"是呀，大概有七年了。那时我们还住在千本街呢！"

所谓千本街，那是某都市的城边小镇，他们当时曾住在那里。

过了一会，妻子说："岛田的事就是不问你，从你哥哥那里也能打听到。"

"哥哥说什么？"

"说什么……还不是说那人不怎么好呗！"

妻子还想了解健三对那人有什么想法。可是，他却有意回避，默默地闭上了眼睛。妻子端着摆有砂锅和碗的托盘，在站起身来之前说："给名片的那个人还要来的，他往回走时说，等你病好了再来。"

"是会来的，既然他充当了岛田的代理人，肯定会再来的。"

"可是，你见吗？如果再来的话。"

说实话，他不想见，妻子更不想让丈夫会见这个来历不明的人。

"还是不见为好。"

"见一下也行，没有什么可怕的。"

妻子认为丈夫说这句话，说明他还是固执己见。健三虽然讨厌这样做，但又认为这是个好办法，只能这么做。

一二

没过几天，健三的病全好了。他又跟往常一样，时而审阅样稿，时而挥动钢笔，或者交抱着手光是思考。这时，曾经白来过一趟的那个人，突然又出现在他的大门前。

健三拿起那张印有"吉田虎吉"名字的上等日本纸名片，又看了一会，这个名字似曾相识。妻子小声问道："见吗？"

"见，把他带到客厅里去。"

妻子露出要挡驾的样子，有些踌躇。但见丈夫已经表了态，也就没有再说什么，又走出了书斋。

吉田这个人，身子肥胖，体格魁伟，年龄在四十岁上下。他身着条纹大褂，白绉绸宽腰带上悬挂着闪闪发亮的怀表链子，这副打扮在当时是很时髦的。单从他使用的语言，就能看出他是个标准的买卖人，只是绝不能因此就认为他是个有气魄的商人，在该说"难怪"的地方，他却故意硬用上"说的是"；本应说"可不是"的时候，他却用一种极为信服的语气，回答说："诚然诚然。"

健三认为按见面的习惯，有必要先问问来人的情况。可是，吉田比他能说会道，无须动问，就主动把自己的经历大致作了介绍。

他原住在高崎，常在那边的兵营里进进出出，做收缴粮秣的买卖。

"由于这个关系，我才逐渐得到军官们的照顾，其中有个叫柴野的长官，更是特别照顾我。"

健三听到柴野这名字，很快想起岛田后妻的女儿嫁给了一个军人，那人就姓柴野。

"因为这个缘故，您才认识岛田的吧？"

两人谈起了柴野长官的事：他如今不在高崎，调到更远的西边去已经有几年了，因为还是那么爱喝酒，家境不太富裕，如此等等，这些事对健三来说，尽管全是新闻，但并不特别感兴趣。健三对柴野夫妻没有任何恶感，只是随便听听，知道个大概就行了。谈话进入正题以后，他越来越多地提到岛田，健三不禁感到厌烦了。

吉田却没完没了地只顾倾诉老人的穷困境况。

"他为人过于老实，终于上当受骗，赔个精光。本来就没有赚钱的希望，却要一个劲地把钱往里塞，这是何苦呢！"

"哪里是为人过于老实，怕是过于贪得无厌吧！"

即使像吉田所说，老人家境穷困，健三也只能做这种解释。何况谈到穷困，他感到其中定有蹊跷。这一点，连充当重要代理人的吉田也不为其辩解，承认"也许是那样"，然后用笑脸掩饰过去。尽管如此，最后还是说出了"每个月总得多少给一点才行"的话，来与健三商量。

为人正直的健三，只好把自己的经济状况，向这个只有一面之交的人明摆出来。他详细地说明了每月自己的收入是一百二三十圆，这笔钱是如何开销的，让对方明白每月开销之后，剩下的等于零。

吉田不时使用他的老调子 :"说的是""诚然诚然"，老老实实地听着健三的说明。可是，他对健三相信到什么程度？又在哪一点上对健三抱有怀疑？连健三也不知道。看上去对方一直采取谦逊为主的姿态，不妥当的话不用说，就是稍带勉强的话也只字不提。

一三

健三认为吉田要说的事，应该就此了结，心里巴望他早走。然而对方的态度显然与此相反，钱的事虽然就此不再提及了，但无关痛痒的闲话却说个没完没了，就是赖着不走。而且说着说着，话题又自然回到了岛田的身上。

"不知是怎么回事，也许老人年事已高吧，近来尽说些特别令人担心的话。因此，能不能求您跟过去一样，跟他保持来往呢?"

健三一时没法回答，只是默默地望着摆在两人之间的烟灰缸。老人撑着一把显得很重的粗布伞，那双异乎寻常的眼睛直盯着他的样子，又清晰地浮现在他的脑海里。他不能忘记老人往日给他的照顾，同时也难以抑制从自身人格折射出来的对老人的厌恶，他夹在这两种感情之间，一时说不出话来。

"我特意为此事前来，这一点务请屈驾应允。"

吉田越来越恭敬了。健三想来想去，还是讨厌这种来往。可如果予以拒绝，又未免不近情理。最后终于决定即使讨厌，也应正确对待。

"如此说来，只好从命。请转告他，我表示同意。但有一点，虽说保持来往，却不能恢复过去的关系，请转告他不要误解。还有，从我目前的情况来看，要经常去安慰老人，也是难以做到的……"

"这么说，也就是只同意让他来府上登门拜访喽。"

健三听到登门拜访这话感到好不难受，难置可否，又闭上了嘴。

"你瞧，我说些什么呀，这就够好的了……过去和现在，情况根本不一样嘛。"吉田露出了终于完成了自己的任务的神态，话一说完，就把刚才使用的烟盒塞进腰间，连忙起身告辞。

健三把他送出大门，又钻进了书斋，心想尽快把当天的事办完，立即伏在桌案上。可是心里另有牵挂，工作的进展自然很难如愿。

这时，妻子往书斋里看了看，叫了健三两声。健三仍伏在桌案上，没有回头。妻子只好悄悄地退了回来。妻子走后，健三虽不顺意，还是坚持工作到天黑，比平时迟了许久，才出来吃晚饭。这时，他才同妻子说话。

"白天来的那个吉田，究竟是干什么的?"妻子问。

"他说早先在高崎替陆军干过什么事。"健三答道。

显然，光是这么两句话是不能把事情说清楚的。妻子期望丈夫能就岛田和柴野的关系，以及他和岛田之间的来往等，作出使自己满意的说明。

"免不了会提出要钱什么的吧?"

"可不是那样。"

"那么，你说什么……反正得说明情况吧!"

"嗯，是说明了情况。除了说明情况，没有别的办法呀!"

两人各自心中盘算着自家的经济状况。月月不断支出，而且非支出不可，可这些钱是他用辛勤的劳动换来的。何况对妻子来说，用这点钱维持全部家计，的确并不宽裕。

一四

健三没有再说什么，想从座席上站起来，妻子却还有事情要问他。

"那个人就那样老老实实地走了吗？有点奇怪嘛！"

"可我只能说明情况呀，总不能吵架吧。"

"也许他还会来，不会那么老老实实走的。"

"就是再来也不要紧嘛。"

"可是，怪讨厌的，真烦人！"

健三知道，妻子在隔壁房间里一句不漏地偷听了他和那人刚才谈的话。

"你都听到啦？"

妻子对丈夫的这句问话，既不肯定也不否定。

"好啦，就这样吧。"健三说完，站起来往书斋里去。他惯于独断专行，打开始就认为没有必要向妻子再多作说明。妻子虽然承认这是丈夫的权利，可只是表面上承认，心里总是愤愤不平。对丈夫那种仗势行事的态度，打心眼里感到不痛快。她寻思："为什么就不能给我再说得明确些呢？"这种思想不断在她心灵深处翻腾。可是，她没有自知之明，不知道自己缺少让丈夫说明事态的天分和本事。

"你像是答应了可以与岛田保持来往，对吗？"

"哦！"

健三脸上露出了不知如何是好的神色。一见丈夫这副样子，妻子照例不再说话了。因为她的脾气就是这样，只要看到丈夫这副神态，马上就感到厌烦，不想再往前迈进一步。可是，她那副不高兴的样子，反过来又会影响丈夫的情绪，使他更加盛气凌人。

"此事与你和你家里人无关，有什么要紧，所以我一个人决定了。"

"对我来说，这事与我无关更好。即使有关，反正也不会问我……"

在有学问的健三听来，妻子的话完全离题了。这种离题，怎么说也只能证明她头脑太笨。他心里感到"这又要发作了"。可是，妻子马上又回到了本来的问题上，说出了他非重视不可的事。

"这么一来，怕对不起父亲吧。事到如今，还与那人来往。"

"你所说的父亲，是指我的亲生父亲？"

"当然是你的亲生父亲喽！"

"我父亲不是早死了么。"

"可他临死以前，不是盼咐过：既然已经同岛田绝交，往后就不要同他有任何来往。"

健三清楚地记得当时自己父亲同岛田吵架后绝交的情景，可是，他对自己的父亲没有那种充满钟爱的美好的回忆，更不记得父亲把绝交的事说得如此严重。

"这件事你是听谁说的？我没有说过嘛。"

"不是你，是听你哥哥说的。"

健三认为妻子的回答不足为奇，父亲的遗愿和哥哥的话也无关大局。

"父亲是父亲，哥哥是哥哥，我是我，这是没法改变的。不过，依我看，拒绝来往的理由并不充分。"

健三的话说得很肯定，心里也知道这种来往的确十分令人讨厌。可是，他的想法根本没有反映到妻子的心里去。妻子只是认为丈夫在坚持自己顽固的主张，恣意跟大家的意见作对。

一五

　　健三小时候经常由那人牵着手走。那人给他缝制了小西服。那个时候，连大人都不怎么欢喜外国服装，至于小孩的服装式样，裁缝师当然不会认真考究。他的上衣腰身并排钉了两颗扣子，前胸敞开着。布料用的是白斑点的呢绒，硬邦邦的，手摸上去感到特别粗糙。尤其是那条淡茶色的条纹西裤，是当时只有驯马师才穿的，他却洋洋得意地穿在身上，让那人牵着手走。

　　当时，他特别珍惜那顶帽子。那是一顶浅锅底一般的黑呢毡帽，紧扣在他的光头上，就像蒙着头巾似的。他却非常满意，照往常一样，由那人牵着手到游艺场去看魔术。当时魔术师还借用他那顶帽子，用手指头从他特别爱惜的帽腔里捅出来给他看，他又吃惊又担心。当帽子还回到他手里时，他来回摸了又摸。

　　那人还给他买了好几条长尾巴的金鱼。就是武将画、彩色画、两张一套和三张一套的联画，只要他说要就给买。他甚至还有合身的铠甲和龙头盔，几乎每天把它穿在身上，挥舞着用金纸做的指挥刀。

　　他还有适合小孩佩带的短刀。短刀的钉帽上刻着老鼠拖红辣椒，他把这用银做老鼠和用珊瑚做辣椒的短刀当成了自己的宝贝。他总想把刀拔出来看一看，而且拔了一次又一次，就是拔不出来。原来这是封建时代的装饰品，也是那人好心送给小健三的。

那人还经常领着他去乘船，船上总有身穿短蓑衣的船老大在撒网。当大小鲻鱼游到岸边往上跳时，那样子就像白金闪着亮光一样，映进他那小眼睛里。船老大有时把船划出海面两三海里，连海鲫鱼都能捕到。这时高浪打来，小船直摇晃，他马上就会头晕，所以大多是躺在船舱里睡大觉。他最感兴趣的是河豚落网，他用杉木筷子把河豚的肚子当小鼓，敲得咚咚响，见河豚又鼓肚子又生气的样子，他高兴极了……

打见到吉田以后，这些儿时的回忆，突然从健三的脑海里不断涌现出来，虽说是支离破碎，但都显得那么清晰。而且哪一个片断都与那人紧密相连。越是顺着这些零零碎碎的情景往前追忆，头绪也就越来越多。既然自己被编织在这取之不尽的经纬线里，那么，那个不戴帽子的人也必然会一起被编织进去。他领悟到这件事时，心里十分难过。

“这些情景倒是记得清清楚楚，可当时自己的心情为什么就记不起来呢？”

这是健三心里最大的疑问。可不是吗，小时候那人是那么关怀自己，当时自己的心情如何？竟忘得如此一干二净。

“可是，这些事是不应该忘记的呀。莫非打开始起，就对那人缺少与恩义相应的情分？”健三是这么考虑的，也大致是这么来剖析自己的。

他没有把因此而引起自己去回忆往昔的事告诉妻子，这可能是因为他考虑到女人感情脆弱，但他甚至没有考虑到说出来或许更有利于缓和她的反感。

一六

预期的日子终于来了。一天下午，吉田和岛田一起出现在健三家的大门口。

健三对这位老人不知该说些什么？又怎样接待为好？如今，他完全缺乏那种无须思考、就能对此作出决定的自发感情，他与这个二十多年不曾见面的人促膝而坐，不但没有什么久别重逢之感，反而只是近乎冷漠的应付。

过去岛田以骄横出名，健三的哥哥和姐姐因此对他敬而远之。的确，健三过去对他这一点，心里也很惧怕。今天，在健三看来，如果认为那人说话的语气伤了自己的自尊心，那是因为对自己估价过高了。

岛田比想象的要客气得多，像普通人初次见面一样，讲话总是客客气气，特别注意使用恭敬的话。健三想起幼时总被那人称作健儿、健儿。就是断绝关系之后，只要碰面，那人还是叫他健儿、健儿。这令人讨厌的昔日情景又自然地出现在他的眼前。

"可是，如果总是这个样子怎么行呢？"

健三尽力不让他们两人看见自己不悦的神色。看来，对方也尽可能求得顺顺当当地离开，不说半句使健三不称心的话。因此，双方都不谈本应涉及的往事，对话就这么简单地中断了。

健三猛然想起下雨那天早晨的事。

"最近两次在路上遇见您，您经常从那里经过吗？"

"是这样，因为高桥的长女就嫁在这前面不远的地方。"

高桥是谁，健三根本不认识。

"说起来你也许知道，那地方叫芝。"

岛田后妻的亲戚居住在叫芝的地方。健三似乎还记得，小时候曾听说过那里的人家不是神官，就是和尚。至于那边的亲戚，健三只跟一个年龄相同、名叫阿要的男人见过两三次面，却不记得还见过别的什么人。

"您所说的芝，是阿藤的一个妹妹出嫁的地方吧？"

"不，是姐姐，不是妹妹。"

"哦。"

"只是要三①死了，其他姐妹都嫁了好人家，可幸福哩！我说，那个长女总该记得吧，是嫁给某某的呀。"

说到某某这个名字，健三听了并不怎么耳生。此人已经去世多年了。

"只剩下女人和孩子。不好办啦。一有什么事，就来找我，阿叔、阿叔的，叫得可亲热哩！最近修房子，要有人监工，所以我几乎每天都从你家门前经过。"

健三很自然地想起岛田带着自己在池端书店买字帖的事。他一

_____

① 人名。上述"阿要"为昵称。

买东西，哪怕是一两分钱，也要讨价还价，当时为了五厘钱，居然坐在店门口死不肯走。他抱着董其昌的折帖站在一旁，瞧着他那副样子，心里实在难受，而且很不痛快。

"让这种人监工，木匠和泥瓦匠不生气才怪哩！"

健三一边这么想，一边望着岛田的脸，露出了一丝苦笑。岛田却毫不在意。

一七

"好在托您的福留有遗作，尽管他人已经死了，往后家里的日子倒不太困难，好歹过得下去。"

岛田说话的口气，好像某某所著的书是世人周知的，可惜健三连书名都不知道，可能是字典或是教科书。他无心细问。

"书的确是好东西，写出一本来，就可以一直卖下去。"

健三没有说话。岛田只好跟吉田谈起要赚钱就得写书的事来。

"安葬完了……他死后就剩下女人了，我去跟书店办了个交涉。就这样，年年多少可以从书店拿到点钱。"

"哦！这真是大好事呀。难怪当初上学要大量投资，当时好像吃了亏，等到学成了，才知道这是好买卖，收利可大哩。这是没有学问的人无法比的啊！"

"结果还是赚了钱嘛！"

他们的谈话没有引起健三的任何兴趣，而且越说越离奇，叫人没法插话。无所事事的健三，只能瞧瞧这个又看看那个，抽空就把目光向院子里投去。

院子里还未修整，显得很不美观。那棵松树的嫩枝不知什么时候被人摘去了，至今好像还没有缓过气来。只是靠墙根的树枝上还有茂密而苍绿的叶子。除了这棵树，再没有像样的树了。地面上尽是小石子，坑坑洼洼，无法清扫。

"您也赚它一笔，怎么样？"吉田突然对健三说。

健三不由得苦笑起来，只好应付着说道："嗯，是想赚点钱啦。"

"这不费事，出国留过学嘛！"

老人的话，听起来像是他出了钱健三才得以出国留学似的。对此，健三很不高兴。老人却毫不在意，即使看见健三显得厌烦，他也不以为然。最后，还是吉田把那个烟盒揣进了怀里，催促地说："好吧，今天我们就此告辞！"他才显出了要走的样子。

健三把他们送走之后，又回到了客厅里，坐下来，交抱双臂，落入沉思。

"他究竟为什么来呢？不是特意来讨人嫌么？这样做他就高兴啦？"

岛田刚才带来的礼物，原样未动地摆在他面前。他呆呆地望着那个粗糙的点心盒。

妻子一声不响地在收拾茶杯和烟灰缸。事完之后，她走到默默地坐在那里的丈夫的跟前。

"你还要在这里坐下去吗？"

"不，起来也行。"健三立即站了起来。

"他们还会来吗？"

"也许会来吧。"

他说了这么一句，又钻进了书斋。传来了一阵打扫客厅的声音，接着是孩子们争点心盒的声音，一切平静下来之后，没过多久，黄昏时节的天空又下起雨来了。健三这才想起一直想买而未买成的雨靴。

一八

接连下了好几天雨，乍才转晴，灿烂的阳光透过染上颜色的天空洒落在大地上。妻子每天都沉浸在郁闷的思绪之中，只顾缝缝补补，今天，也走到房檐前，抬头望了望蔚蓝的天空，随即打开了衣柜的抽屉。

她换好衣服，来看丈夫。健三两手托腮，正凝视着肮脏的庭院。

"你在想什么？"

健三微微转过头来，看了看妻子那身要外出的打扮。就在那一瞬间，他那双富有观察力的眼睛，发现自己妻子身上有一种意想不到的新鲜味。

"要上哪里去？"

"是的。"

对他来说，妻子的回答过于简单了。使他又跟原来一样感到很孤寂。

"孩子呢？"

"孩子也带去。留下来，不是吵吵嚷嚷、怪讨厌的吗？"

她们走后，健三一个人安安静静地度过了星期天的下午。

妻子回来的时候，他已经吃罢晚饭，在书斋里点上灯，待了一两个小时了。

"我回来啦！"

她不说回来晚了，也不说别的，显得那么冷淡。他并不介意，只是回头看了看，一声不响。这么一来，在妻子的心上又投下了一层阴影。妻子就那么站了一会，随即向起居室走去。

两人就这么失去了说话的机会。他俩不是那种一见面就想说点什么的随和夫妻。而且彼此认为：如果显得特别亲热，关系反而庸俗了。

过了两三天，在吃饭的时候，妻子才把那天外出时的事说出来。

"最近回了一趟娘家，见到了门司的叔叔。我以为他还在台湾，很奇怪，不知什么时候居然回来了。"

提起门司的这位叔叔，亲友们都知道对他不能疏忽大意。健三还在外地的时候，他突然坐火车赶去，求健三一定想法借点钱，以救燃眉之急。于是，健三就把存在当地银行为数不多的钱都给他拿去应急。过后，寄来一张贴有印花的正式契约，其中连"利息的事"都提到了。健三还认为他过分认真，没想到借去的钱从此不见归还。

"如今他在干什么？"

"不知道。听说是兴办什么公司，请你一定要赞助，还打算最近前来拜访呢。"

健三认为没有必要再询问了。这位叔叔过去借钱的时候，也是说兴办什么公司，健三信以为真。当时岳父倒是对此表示过怀疑，这位叔父就花言巧语说服岳父，把他拉到门司参观根本与己无关的别人修盖的房子，说那就是建造中的公司，用这种手段从岳父那里骗取了几千圆的资金。

健三并不想知道此人更多的情况。妻子也不高兴说这些事。然而，谈话却不像往常那样到此为止。

"好久没见哥哥，趁那天天气非常好，我绕到他家去了。"

"是吗?"

妻子的娘家在小石川台町，健三哥哥家在市谷药王寺前，妻子前去，并非绕什么大圈子。

一九

"我把岛田来过的事告诉了哥哥，他很吃惊，说那人哪有脸再来，健三还是不要同他交往为好。"

妻子表露了这种劝阻的意思。

"你是特意为了这件事才绕到药王寺前去的吧？"

"又讥笑人啦，你怎么尽把别人往坏里想呢？我好久没去看哥哥，心里不安，所以往回走时才去一趟的呀！"

他很少去哥哥家，妻子偶尔去一趟，等于替代丈夫去探望，不管健三怎么看，也是无可非议的。

"哥哥为你担心呢。他说，同那种人来往，很难说不会再引起什么麻烦。"

"麻烦？是什么样的麻烦？"

"这个，如果不发生，连哥哥也没法说。不过，他总认为不会有什么好事。"

健三也没有想过会有好事。

"可是，情面上过不去呀！"

"既然是给了钱才断绝关系，有什么过不去的。"

绝交时给的钱是以往日抚养费的名义，由健三的生父亲自交给岛田的。那时健三二十二岁，正是青春年华。

"再说，在交付那笔钱的十四五年以前，你就领回到自己家来了。"

从几岁到几岁由岛田一手抚养？健三根本弄不清楚。

"说是从三岁到七岁，你哥哥是那么说的。"

"也许是吧。"

健三回想起自己梦一般逝去的往昔，脑海里出现了只有戴上眼镜才能看清的细小的图画。那些图画上都没有注明日期。

"契约上白纸黑字写得清清楚楚，还会错吗？"

谈到自己与那人脱离父子关系的契约，他从未见过。

"不会没有见过吧，一定是忘记了。"

"可是，八岁才回到自己家里来，那就是说，在回归祖籍之前还有些来往。既然如此，就不能说完全断绝了关系呀。"

妻子无话可说。不知为什么，健三也感到一阵凄凉。

"其实，我也觉得没意思。"

"行啦，还是别来往的好。事到如今，你还与那种人交往，太没意思了。对方究竟有什么打算呢？"

"这，我可不知道。我想，对方也会觉得没意思的吧。"

"你哥哥说，肯定还是千方百计地想弄点钱，你可要当心啊！"

"可是，钱的事我一开始就说清了，不妨事。"

"话是那么说，往后很难说他就不会提出什么要求。"

妻子从一开始就有这种预感。

健三满以为已经把这个漏洞堵住了，妻子这么一提醒，他脑子里又产生了几许不安的思绪。

二〇

这种不安多少影响了他的工作。繁忙的工作反过来埋葬了这种不安。因此，在岛田再次出现在他家大门口之前，一个月又到月底了。

妻子拿着用铅笔写得乱糟糟的账本，走到他的面前。以往，健三只是把自己在外挣的钱照例全部交到妻子手里，妻子从未在月底把开支细账塞给他看过，这次使他感到意外。

"是呀，她是怎么开支的呢?"他经常这么想。

事实上，他需要花钱时，就不客气地向妻子要。而且每月光书费就相当可观。尽管如此，妻子并不在意，连对经济开支一团黑的他，都认为妻子太随便了。

"每个月的账目要记好，总得给我过目一下吧!"

妻子满脸不高兴，因为她认为到哪里也找不到自己这样忠诚的管家。

"嗯。"

妻子只应了一声。到了月底，还是没有把账本交到健三手里。健三高兴的时候，也就默认了。不高兴的时候，也会认真地硬逼着妻子把账本拿出来。可是他一看，又觉得乱糟糟的，根本看不明白。

即使经妻子加以说明，从账面上有所了解，实际上每月副食多少，大米又是多少，是贵还是贱，脑子里还是一团糨糊。

这次，他也只是从妻子手里把账本接过来，大致看了看。

"有什么为难的地方吗？"

"如果不想点办法的话……"

妻子就眼下的生活情况，详细地给丈夫作了说明。

"真怪呀！居然日子能这么顺利地过到今天。"

"实际上，每月都没有结余。"

健三没想过会有结余。记得上月底，四五个老朋友提出到什么地方去远足，还给他发了邀请信，因为他交不出两圆钱的会费，就那么谢绝了。

"可是，好歹还能过得去！"

"过得去也好，过不去也罢，反正只能用这点钱凑合着过，没有别的办法。"

妻子把收藏在柜子抽屉里的自己的和服和腰带作了抵押，今天终于腼腆地把这事一五一十说了出来。

过去，他经常亲眼看到姐姐和哥哥用包袱皮包着各自的盛装，悄悄地拿出去，然后又拿回来。他们那副特别留神不让别人发觉的样子，看上去像犯了罪见不得人似的，在他那童心里留下了凄凉的印象。今天联想起来，他更加感到寒碜。

"作了抵押！是你自己去抵押的吗？"他从未钻过当铺的门帘，可他认为妻子比自己更缺乏贫苦的生活经历，是不会大大方方地在那种地方出入的。

"不，是托人去的。"

"托谁?"

"托山野家的老太太,她那里有当铺的流动点,很方便。"

健三没有继续问下去。作为丈夫,他没有给妻子做过一件好衣服。妻子为了维持家计,反而不得不把从娘家带来的东西拿出去典当,这无疑是丈夫的耻辱。

二一

　　健三决心干点额外的工作。没过多久，这种努力按月换回了若干纸币，交到了妻子手中。

　　他从西服的内兜里，掏出自己新挣来的钱，原封不动地扔在铺席上。妻子一声不响地拿过来，一看封皮的反面，立刻就明白了这纸币的来路。他就这样悄悄地填补了家计的不足。

　　每逢这种时候，妻子并不显得特别高兴。如果丈夫把钱交给她时，添上几句好听的话，她肯定要高兴得多。健三却认为：如果妻子高高兴兴地把钱接过去，他也许会说上几句好听的话。因此，设法弄来的这点钱，只能应付物质上的需要，想借此满足两人精神上的要求，毋宁说难以如愿以偿。

　　妻子为了补足这种精神上的要求，过了两三天，拿出一段布料给健三看。

　　"想给你做件衣服，这料子怎么样？"

　　妻子笑逐颜开。在健三看来，妻子的做法显得有些拙劣。他怀疑妻子动机不纯，是故意用魅力来诱惑他。妻子冷冰冰地走了。妻子走后，他又觉得自己不该受这种非冷遇妻子不可的心理状态的束缚。他越想越不是滋味。

当另有机会与妻子谈话时，他说："我绝不是你所认为的那种冷酷的人，只是控制着自己内心的热情，不让它外露罢了。我是不得已才这么做的。"

"谁也不会干那种坏心眼的事。"

"你不是经常如此吗？"

妻子用憎恨的目光望着健三，她根本没有弄懂这句话的意思。

"近来你的神经有些反常，为什么不能更稳妥地观察我呢？"

健三无心去听妻子的话，他对妻子以那种不自然的冷漠态度对待自己，难过得几乎要发脾气了。

"你呀，别人并没说什么，自己却在自寻烦恼，真没办法。"

两人都感到夫妻俩像是一对根本说不到一起去的男女，所以也都认为没有必要改变各自的态度。

健三新找到的额外工作，凭他的学问和教养，做起来并不费劲，只是他不愿为此花费时间和精力。对他来说，眼下再没有比无意义地消磨时光更可怕的了。因为他有这种打算：在有生之年，要有所作为，而且非有作为不可。

他处理好额外的工作回到家里时，经常是天已擦黑了。

有一天，他匆匆地迈着困乏的脚步，粗暴地拉开自家大门口的格子门。妻子连忙从里屋出来，一见面就说："跟你说，那人又来啦！"妻子总把岛田称作那人、那人，所以健三从她那副样子和口气上，就大致知道他不在家时来了什么人。他什么也没有说，径直往起居室去，然后由妻子帮着把西服换成了和服。

二二

　　他坐在火盆边抽了一支烟。没过多久，妻子把晚饭端到了他面前。他马上问妻子：

　　"来了吗？"

　　妻子感到突然，不知健三问"来了吗"是指什么？她惊奇地看了看他的脸，见丈夫在等着答话，这才明白他所问的意思。

　　"是那人吗？……可是，你不在家呀！"

　　妻子当时没有让岛田进客厅。她觉得这样做像得罪了丈夫，所以答话时带有解释的口气。

　　"原来没有进屋啊？"

　　"嗯。只在大门口待了一会。"

　　"他说什么了吗？"

　　"说是早就该来拜访，因为外出旅行了一些日子，一直没有来，很抱歉。"

　　在健三听来，所谓很抱歉，等于是嘲弄人。

　　"外出旅行？不像乡下有事的样子嘛，他告诉你上哪儿去了吗？"

　　"没有。只是说女儿要他去，所以去了一趟。也许是到阿缝家里去了吧。"

健三记得跟阿缝的丈夫柴野见过面。前不久听吉田谈起，柴野如今在步兵师或步兵旅所在的中国地方①某城市任职。

"阿缝是嫁给军人吗？"

因为健三突然把话卡断了，所以妻子停了一会又接着这么问。

"你了解得真清楚呀！"

"是有一次听你哥哥说的。"

健三心中联想起过去见过面的柴野和阿缝的风采。柴野胸阔肩宽，皮肤黝黑，五官端正，算是个有气魄的男子汉。阿缝瓜子脸，长睫毛，眉清目秀，皮肤白皙，身材苗条，应该说是个美人。他俩结婚的时候，柴野还是少尉或是中尉。健三记得曾到过他们的新居。当时柴野从部队回来，身材显得特别魁梧，他一把拿过摆在火盆架板上的杯子，把里面的冷酒一饮而尽。阿缝露着白皙的肌肤，在梳妆台前抚摸自己的鬓发。健三不停地从盘子里抓起分给他的那份鱼片饭团子，一个劲地吃……

"阿缝长得很漂亮吧？"

"什么？"

"不是曾经提过要嫁给你的吗？"

确实有过这么回事。健三十五六岁的时候，有一次，他让同行的朋友在大路上等着，自己一个人到岛田家去弯了一下。岛田家门前泥沟上架着小桥，健三无意中见阿缝站在桥上，正向大路眺望。她见健三迎面而来，立即微笑着点头致意。那朋友是刚学德语的青

---

① 指日本本州西部地区。

72

年，看到这副表情，就用德语跟他开玩笑说："真是妻子倚门盼夫归啊！"其实，从年龄来说，阿缝比他大一岁，何况健三当时对女人既分不出美丑，也无所谓好恶，只是在一种近乎羞怯、奇妙的心情驱使下，想去接近女人罢了。可是，由于一种自然的力量，他像皮球一样被女人反弹回来。他和阿缝的婚事，且不说是否会有别的麻烦，而是根本就没有当一回事，完全抛诸脑后了。

二三

"你为什么不娶阿缝呢?"妻子问。

健三猛地把视线从饭桌上移开,向上一翻,好像从追忆往昔的梦里惊醒过来似的。

"根本没有那回事,只是岛田有这个意思,而且当时我还是个孩子呢。"

"阿缝不是那人的亲生女儿吧?"

"可不是,阿缝是阿藤带来的孩子。"

阿藤是岛田的后妻的名字。

"假如你和阿缝成了亲,如今又会怎么样呢?"

"谁知道会怎么样,又没有真的成亲。"

"说不定很幸福哩!"

"很难说。"

健三有点厌烦了。妻子也就闭上了嘴。

"为什么提这件事呢?真没意思。"

妻子像遭到了责难似的,她没有勇气再往前迈出一步。

"反正我打一开始就不顺你的心……"

健三放下筷子，用手挠了挠头发，积在上面的头皮屑不断地掉落下来。

两人各自回到自己的房间里，做自己的事情去了。健三等孩子前来请安以后，照例看他的书。妻子让孩子睡着以后，又开始做白天留下的针线活。

两人之间又谈起阿缝的事来，那是过了一天之后一个偶然的机会引起的。当时，妻子手里拿着一封信，走进健三的房间里，把信交到了丈夫的手里。她没有像往常那样立即离去，而是在丈夫身边坐了下来。健三接过信，就么么拿在手里，总也不看它。妻子实在忍耐不住，终于催了催丈夫：“我说，这封信可是比田姐夫寄来的哟！”

这时健三的目光才从书本上移开。

“你是说因为那人有什么事。”

的确，信上写着请他去一趟，谈谈岛田的事；还注明了见面的日期和时间，而且十分客气，对冒昧请他专程前去表示了歉意。

“这是要干什么呢？”

“我完全不知道。不像商量什么事，我又没有什么事要去和他商量。”

“大家不是劝你不要和那人来往吗？信上还写着让你哥哥一起去吧。”

正如妻子所说的，信上的确那么写着。健三看到哥哥的名字时，脑海里不禁又闪过了阿缝的影子。岛田希望健三和阿缝结合，以便往后把两家的关系拉得更紧密些。可是，阿缝的生母好像希望他哥哥能和自己的女儿成亲。

"如果与小健家攀上这门亲事，我就可以经常到小健家里去了。"阿藤曾向健三说过这种话。回想起来，这已经是老早以前的事了。

"再说，阿缝如今嫁给的这一家，不是原先订好的亲事么？"

"虽说是订好的亲事，但根据情况也是可以退的嘛。"

"阿缝究竟想嫁给哪一家呢？"

"谁知道。"

"那么，你哥哥是怎么想的？"

"这，同样不知道。"

的确，在健三童年的记忆里，根本不存在这种既能回答妻子的提问，又带有人情味的材料。

二四

　　健三立即写了回信，表示知道了来信的意思。到了预定的日期，他如约前往津守坂。

　　他很遵守时间，这一方面是由于他性格十分耿直，另一方面这种性格又反过来使他成了神经质。他中途两次掏出表来看了看。情况确实如此，目前这个阶段，他从起床到睡觉，一直被时间追逼着。

　　他一边走，一边考虑自己的工作。那些工作根本没法按他所想象的去做。他刚向目标靠近一步，目标又往前移动一步，总把他甩在后边。

　　他又想起了自己的妻子。往日她的癔症是那么厉害，如今虽说自然而然地有所减轻，但在他的心中，仍投下了不安的阴影；他想到了妻子的娘家；他想到了经济上的压力会威胁到家庭生活，就像坐船时总会有烦人的摇晃一样，使他精神上不得安宁。

　　他不得不把自己的哥哥和姐姐以及岛田的事，作出通盘的考虑。由于血缘、肉体和历史的关系，自然要把他们连在一起，即使一切都带有颓废的阴影和凋零的色彩，他也得把自己摆进去。

　　他到达姐姐家时，心情十分沉重，表面上却又很兴奋。

"真是，让你特意来一趟。"比田向他致意，这已经不同于过去对健三的态度了。当然，世道在起变化，如果比田再以自己是健三唯一的姐姐的丈夫自居，那么，那种自豪感对健三来说，与其说是心服，不如说是心烦。

"本想到你那里去的，可是，事情忙个没完没了。就说昨天晚上吧，还在当班呢。今晚本来也有人求我，因为和你有约在先，所以拒绝了，总算脱了身，刚刚到家。"

如果尽相信比田的话，那么，传说他把一个奇怪的女人密藏在工作单位附近的事，等于是无中生有。

可是，若用老话来形容比田，他除了能写会算之外，既没有学问，也没有才干，按理说现今的公司是不会那么器重他的——健三甚至抱有这种怀疑。

"姐姐呢?"

"一到夏天，气喘的老毛病又犯啦!"

正如比田所说，姐姐身子靠着针线箱上的圆枕头，嘴里叫唤难过。健三向起居室窥望了一下，见姐姐蓬头散发，面容憔悴。

"怎么样?"

姐姐连头都没法抬起来，只是把消瘦的脸转过来，看了看健三。她像要使力气跟健三打招呼，但咽喉马上梗塞住了。刚停下来的咳嗽又发作了。一阵咳嗽尚未过去，紧接着又是一阵，连在一旁看着都替她难受。

"够受的喽!"健三双眉紧锁，独自小声地发出了哀叹。

一个不相识的四十岁左右的女人，正从身后给姐姐按摩后背。旁边有一个盘子，里面摆着装糖稀的瓶子，还插着一根杉木筷子。

"跟您说，是打前天开始的。"那女人向健三作了说明。

姐姐近年来总有这么个规律：在气喘病发作的三四天内，不吃不喝，不能睡眠，身体消瘦下去，然后靠着生命力的强韧弹力，慢慢地又会回复到原来的样子。这一点，健三不是不知道。可是，眼下见姐姐咳得这么厉害，而且下气不接上气，这不能不使他比病人还要难受。

"一说话会引起咳嗽，还是静静地待着吧。我要到那边去。"健三趁姐姐咳嗽稍停下来，安慰了两句，又回原来的客厅去了。

二五

比田满不在乎，仍在看书。他认为"这算不了什么，还是那个老毛病"，根本不把健三的慰问当回事。看起来，由于老伴的老毛病每年总要反复来几次，所以她那个自然衰老下去的可怜样子，也就丝毫引不起他的同情了。的确，他对共同生活了近三十年的妻子，从来没有说过一句好听的话。

他见健三进来，便放下手里的书，摘下金属架的眼镜。

"趁你去起居室的空当，我看起闲书来了。"

比田和读书——这本是极不相干的两码事。

"那是什么书？"

"是旧书，你根本看不上眼的。"

比田一边笑，一边拿过伏放在桌上的书，递给了健三。没想到那是《常山纪谈》①，倒使健三感到有些吃惊。可是，自己的妻子咳嗽得接不上气来，他却只当是别人的事，居然满不在乎还在看这种书，这就充分暴露了他的品质。

"我是个旧脑筋，所以爱看这种故事书。"

他似乎把《常山纪谈》当成了普通的故事书，幸好他还没有错把写此书的汤浅常山看成是说书人。

"此人可能是个学者，他和曲亭马琴②相比怎么样？我还有马琴的《八犬传》呢！"

可不是吗，他的确购买了用日本纸铅印的《八犬传》，并妥善地收藏在那桐木书箱里。

"你有江户名胜图画册吗？"

"没有。"

"这本书可有趣哩。我特别爱看。怎么样，借给你？说起来，那还是把过去江户时代的日本桥和樱田等地分开来画的呢！"

他从壁龛的另一只书箱里，取出几本封面为浅黄色美浓纸的旧书，而且把健三当成了连江户名胜画册的名字都没有听过的人。其实，健三还能回忆起过去那令人怀念的情景；他小时候，从库房里把那种画册拿出来，专心地一页一页地翻，先找插图看，那真是比什么都有兴趣。直到现在，他还深刻地记得：画册上画有骏河街的越后店③的门帘，还有富士山。

"在目前的情况下，再像往日那样，带着悠然自得的心情，去看那些与自己的研究工作没有直接关系的书，即使想借以调节生活，也没有那个空闲了。"

健三心里这么想。今天的处境使他焦急万分，觉得自己既可恨又可怜。

预定的时间到了，却不见哥哥到来。比田也许为了填补这个空

---

① 这是日本江户中期的儒学家汤浅常山(1708—1781)所著随笔性的史谈集。
② 曲亭马琴即泷泽马琴(1767—1848)，江户后期小说家，《八犬传》为其作品之一。
③ 即当时有名的"越后绸缎店"。

当吧，尽谈书本的事。他好像深信：只要是书本的事，不管谈到什么时候，健三都不会厌烦的。可惜比田的知识，只具有把《常山纪谈》当作普通故事书看待的水平。尽管如此，他又把全部装订成册的旧版风俗画报拿了出来。

书本的事说完了，他才不得已改了腔："长弟也该来了呀！说得好好的，该不至于忘记吧。再说，我今天还要值通宵夜班，最晚十一点就得回公司去。怎么样？去接他一下吧。"

这时，好像又发生了新的情况，姐姐的咳嗽声像着了火似的，从起居室传了出来。

二六

过了一会儿，大门外的格子门开了，传来了把木屐脱在门口的声音。

"总算来啦！"比田说。

可是，那脚步声穿过门厅，直往起居室去了。

"又不行啦，真怪，根本不知道嘛，什么时候开始的。"

话语很短，像感叹词，又像问话，清楚地送进了坐在客厅里的两个人的耳朵里。正如比田推测的那样，说话的人确实是健三的哥哥。

"长弟，我们一直在等着你呢！"

性急的比田立即从客厅里这么招呼着。他那个不管老伴缓不过气来的腔调，最能充分显示他的特性。就是在这种时候，他还是只顾考虑自己的得失，怪不得大家都说他"太只顾自己了"。

"这就去。"长太郎像有点生气了，总不见他从起居室出来，"喝点药汤也好嘛。不想喝？可是，总这样什么都不吃，身体会衰弱下去的呀！"

姐姐接不上气来，没法答话。由替她按摩后背的女人——作了回答。平时哥哥来姐姐家要比健三多，与这位不相识的女人也显得亲近些。就因为这个缘故，也就很难一下把话说完。

比田气鼓鼓的，像早晨洗脸一样，两只手在黑脸上一个劲地直搓，到后来，朝着健三小声地说："健弟，你瞧那个样，怎么办？话真多！我是没有法子，只有请你出面了。"比田显然是在指责健三不认识的那个女人。

"她是什么人？"

"你瞧，不是帮着梳头的阿势吗？过去健弟来玩的时候，她就常在我家嘛。"

"是吗？"健三根本不记得在比田家见过这个人，"我可不知道。"

"什么，怎么会不知道呢？她是阿势嘛。正如你所知道的，她可是个既热情又诚实的好女人。正因为这样，也就不好办。她的毛病就是话多。"

在不太了解情况的健三听来，比田的话不过是对己有利的夸张，并不能感动旁人。

姐姐又咳嗽起来了。在咳嗽未停之前，毫不在意的比田倒是没有作声。长太郎还是没有从起居室出来。

"怎么搞的，好像比刚才更厉害了嘛。"

健三有些不放心，边说边站起身来。比田再三拦住他。

"什么呀，不要紧，不要紧，那是老毛病，不要紧。只有不了解情况的人见了才会吃惊咧！我呀，已经司空见惯了，根本不在乎。其实，如果每次见她咳嗽就心里难过，那是根本没法同她在一起待到今天的。"

健三不知该怎样回答，只是自然而然地把妻子癔症发作时自己的痛苦心情与这事联系起来想了想。

姐姐这阵咳嗽止住以后，长太郎才来到了客厅里。

"实在对不起，应该早点来的，不巧来了一位稀客。"

"来啦，长弟，等着呢，不是说笑话，正想着要不要派人去请哩！"

比田说话的口气相当随便。他认为在健三的哥哥面前，自己是有资格摆出这副架子来的。

二七

　　三人的话很快转入了正题。比田最先开口，他是对任何一件小事都要谈个仔细的人，他可能这样想：谈得越仔细，就越能使周围的人对他产生深刻的印象。

　　"只要你一个劲地叫唤着比田、比田，也就行了。"大家都在背地里这么笑话他。

　　"我说，长弟，应该怎么说好呢？"

　　"是啊。"

　　"说起来，完全是牛头不对马嘴的事，我认为根本就没有必要告诉健弟。"

　　"可不是吗，临到今天，又把那件事翻出来。我们没有必要理睬他。"

　　"正因为如此，我才把他顶了回去。我跟他说：今天还来提这种事，等于到寺里去求和尚把亲手杀死的孩子再复活过来一样。死了这份心吧。可是，那老东西任你怎么说，就是赖着不走，真拿他没办法。他如今之所以厚着脸皮到我家来，说实话，还不是与过去那个①有关么。这是老早老早以前的事了呀，而且这又不是白借来的……"

"对呀。嘴上说得好，说是亲戚之间的来往，其实讨起账来，比别人要厉害得多。"

"他来的时候，这么跟他说就好啦！"

比田和哥哥的谈话，总回不到根本问题上来，特别是比田，好像全忘了健三也在旁边似的。健三不得不随便说上两句。

"究竟是怎么回事，是不是岛田突然到这里来过呀？"

"哟，你看，特意把你请来，净是我信口开河了。实在对不起——怎么样？长弟，由我把事情的全部过程说给健弟听吧！"

"好的，请吧！"

事情意外简单——有一天，岛田突然来到比田这里，说自己上了年纪，无依无靠，心里不踏实，因此请比田转告健三，要健三按过去一样，恢复原籍姓岛田。比田对这突如其来的要求大吃一惊，立即表示拒绝。可是任你怎么说，他就是不走，只好答应按他的要求把话传给健三。——这就是全部情况。

"有点怪呀！"健三怎么想，也认为这事有些蹊跷。

"可不是怪嘛。"哥哥也表示了同样的看法。

"怪当然是怪。不管怎么说，六十多岁的人了，脑子难免有点糊涂。"

"贪得无厌，还有不糊涂的！"

比田和哥哥都觉得可笑，所以乐了。唯独健三没法跟着一起乐。因为他觉得奇怪，所以一直控制着自己。根据他的判断：肯定不会

---

① 这里指的是钱。

有这种事，因为他想起吉田最初来他家时说过的一番话，接着又联想到吉田和岛田一起前来时的情景，最后想到他不在家时，岛田从外地回来，一人来到他家时所说的话。无论从哪方面分析，都无法得出这样的结论。

"怎么想也觉得奇怪！"他还是这么认为。接着，他终于换了个口气说，"当然，这也没有什么，只需表示拒绝就行啦！"

二八

依健三看，岛田的要求非常不合理。因此，这事处理起来也很容易，只需简单地表示拒绝就行。

"可是，如果根本不把这事告诉你，那就是我的不对了。"比田像替自己辩解似的。他觉得怎么的也要认真把大家凑在一起，否则于心有愧，可到时候又看风使舵，"何况对手也真是个对手，稍有疏忽，他什么事都干得出来，非当心不可！"

"不是说他老糊涂了么，有什么要紧。"哥哥半开玩笑地指出他话里的矛盾。

"正因为老糊涂了，这才可怕呢。可不，如果对方是个普通的人，连我也敢当场拒绝他。"

在谈话中，像这种翻过来覆过去的话，实在太多了。如果回到最初的议题，中心是要谈谈比田作为代表，如何拒绝岛田的要求。三个人虽各有自己的看法，但从一开始都知道这是必然的结论。健三认为：得出这个结论以前的谈话过程，只不过是浪费时间罢了。尽管如此，他还是理当向比田道谢。

"不，不，说道谢，可不敢当。"比田说着反而得意起来。他那个轻松的样子，谁见了都不会认为他是忙得有家不能归的。

他拿起摆在那里的咸酥脆薄饼，咯吱咯吱地咬了起来，同时不停地往大杯子里续了好几回茶水，边吃边喝。

"还是很能吃呀。现在两份鳗鱼饭，能对付得了吧?"

"不，人到五十就不行喽! 早先，健弟是亲眼看见过的，五碗炸虾面也能一下子干下去。"

比田当时的确很能吃，而且以吃东西过量自豪，很喜欢别人夸奖他肚子大，一有机会，就敲打着肚子给人看。

健三想起过去岛田领他去听说书，回家路上，两人经常钻进摊铺的门帘，站着吃生鱼片和炸虾面的情景。在说书场听类似鹿舞①的伴奏歌谣时，他能把三味线伴奏的手法教给健三，还让健三记住"打马虎眼"等的行话。

"我很喜欢站着吃东西，到今年为止，我到处都吃遍了。健弟，你到轻井泽去吃一次面条吧，说起来你可能不相信，火车靠站的时候，我下车去站在月台上吃过一回。真不愧是当地特产，味道好极了!"

他是以拜佛为名，到处去闲逛的人。

"长弟,知道不? 在善光寺大院里挂着《始祖藤八拳指南所》②的牌子，真有点奇怪哩!"

"没有进去猜上一拳吗?"

"你可知道，那是要门票的呀!"

健三听着他俩的对话，不知不觉像回到了自己的童年。但他必

① 鹿舞也叫狮子舞，是以太鼓和三味线伴奏的日本传统舞蹈。
② 藤八拳为两人出手势，猜拳以定胜负。因系藤八所创而得名。

须清醒地认识到：如今自己在哪方面与他们之间存在距离？又处在什么样的地位？当然，比田是根本不顾及这些的。

"记得健弟是去过京都的呀，那里有一种鸟，就这么叫'绒鼠真稀奇，拿着盘子喝酱汤'。你知道不？"他问起这些事来。

姐姐刚才安静了片刻，现在又咳得很厉害。这时，他才闭住了嘴。可又像憋得难受，先是平摊着两只手，然后用手心直搓那黝黑的脸。

哥哥和健三去起居室看了看，兄弟俩坐在姐姐的枕边，一直等她咳嗽停息下来才先后从比田家里出来。

二九

　　健三始终没法忘记在自己的背后还存在这样一个天地。平时，对他来说，这个天地已经是老早以前的事了，可是，在特定的情况下，它又会猛然出现在自己的眼前。

　　在他的脑海里，比田那个化缘僧似的光头时隐时现，姐姐那副猫一般缩着下颚、喘不上气来的样子若明若暗，哥哥那张特有的惨白而干瘦的长脸或出或进。

　　过去，他生长在这个天地里，后来由于自然的力量，使他独自脱离了这个天地，而且就那么走了，长期没有回东京来。如今，他又返回到这当中来，闻到了好久不曾闻到的往日的气味。对他来说，这气味是一种三分之一属于怀念、三分之二属于嫌弃的混合体。

　　他朝同这个天地毫无关系的另一个方向望去，那里常有一批青年人出现在他的前面，他们的眼睛里充满了年轻人的活力。他侧耳倾听这些青年人的笑声，那声音洪亮得像敲响充满希望的警钟一样，使健三那颗消沉的心又活跃起来。

　　有一天，他应那批青年中一人的邀请，去池端散步，归途绕经广小路新开辟的路，来到新建的艺伎管理所前，健三突然想起什么似的，望着那青年的脸，他脑子里闪过一个与自己毫不沾亲带故的女人的影子。那女人过去当艺伎时，犯有杀人罪，在牢房里送走了二十多个不见天日的春秋，后来总算在社会上露了面。

"一定是受尽了熬煎啊！"

健三心想：对一个以姿色为生命的女人来说，肯定在牢房里经受了不堪忍受的孤独之苦。可是，这个相伴而行的青年人心里想的只是青春永远在自己前进的道路上延续不断，健三的话对他根本不起任何作用，因为他只有二十三四岁。健三这才发觉原来自己与青年之间存在距离，不由得吃了一惊，暗中自言自语地说：

"我自己还说这种话，其实，我与这个艺伎的命运完全相同。"

他从年轻的时候起，就希望长白头发，也许与这种个性有关吧，近来他头上的白发明显地增多了。就在自己认为还早还早的时候，不知不觉十年过去了。

"这可不是别人的事啊！说起来，我的青春时代，同样是在牢房里度过的。"

青年为之一怔。

"什么叫牢房？"

"学校呀，还有图书馆。想起来，这两处地方都跟牢房一样。"

青年无以作答。

"可是，我如果不长期坚持这种牢房生活的话，今天，就绝不可能存在于这个世界上。这是迫不得已的事。"

健三的话一半是辩解，一半是自嘲。他在往日牢房生活的基础上，建立起自己的今天，他还要在今天的基础上去建立自己的明天。这是他的方针。而且他认为这方针无疑是正确的。然而，此刻他已看出：如果依照这个方针朝前走，除了马齿徒增，不会有别的什么结果。

"即使一生为做学问而死，人生也没有意义。"

"没有的事！"

他的意思终于没有得到青年的理解。他一边走，一边在想：在妻子的眼里，现今的他和结婚当时的他，起了什么变化？妻子随着每生一个孩子而日益衰老下去，头发脱得羞于见人。然而，眼下第三个孩子又装在肚子里。

三〇

　　回到家里，妻子在六铺席的里间枕着手入睡了。健三看到红碎布和尺子等东西散放在她的身旁，心想：妻子怎么又发作了。

　　妻子总爱睡觉，有时早晨比健三起得还要迟。不少日子，她送走健三之后，自己接着又躺了下去。她经常自我辩解：如果不这样睡足，就会发困，当日一整天，干什么都是糊里糊涂的。健三有时认为言之有理，有时又认为哪有此事。特别是当妻子发完牢骚还能睡觉时，他更会产生后一种看法。

　　"是怄气才躺下的。"他没有很好地观察有癔症的妻子对这种不满有何反应，反而认为妻子之所以向他显出这种不自然的态度，只不过是为了赌气。他心里不痛快，嘴里就常发牢骚。

　　"为什么晚上不早点睡。"

　　她爱熬夜。每当健三这么说她时，她肯定要辩解说："一到晚上就兴奋得没法合眼，所以才没有睡的。"这一来，她想坐多久就坐多久，一直不会放下手里的针线活。

　　健三恨妻子这种态度，但又怕她癔症发作，所以尽力控制自己，因为他也担心自己的看法会不会有偏差。

他在那里站了一会儿，呆呆地凝视着妻子的睡相。妻子的头侧枕在手臂上，半个脸显得异常苍白。他那么默默地站着，连一声"阿住"都没有叫。

他移动目光，无意中发现在妻子露着的白手腕边扔着一束文书。看上去，那不是一叠普通的书信，也不是一捆新印刷品，整个东西呈茶色，显然经历了好些岁月，而且是用古色古香的纸捻仔细结扎好的。文书的一端全压在妻子的头下，她的黑发挡住了健三的视线。

他并不想特意去抽出文书来，而是把眼睛盯在妻子苍白的前额上，她的面庞显得是那样的憔悴。

"真是的！瘦成这个样子。"

一位女亲戚好久没有来看她，最近见到她这副面容，吃惊似的这么说。当时，健三感到妻子之所以被弄得如此消瘦，好像一切原因全出在他一个人身上。

他钻进了书斋。

约莫过了三十分钟，传来了开门的声音，两个孩子从外边回来了。健三坐在那里，清清楚楚地听到孩子和保姆在说话。不一会，孩子们向里屋跑去。这时，听到妻子在责骂孩子，说她们太讨厌。

又过了一会，妻子手拿刚才放在枕边的那束文书，出现在健三面前。

"刚才你不在家，你哥哥来过了。"

健三停住了执自来水笔的手，望着妻子的脸说："已经走了吗?"

"嗯，他说是出来散散步，得赶紧回去。我留他，他说没有时间，所以没有进屋里来。"

"是吗。"

"他又说在谷中为一位什么朋友举行葬礼，不快些去，就会赶不上，所以没法进屋。他还说回来时如果有空，也许再绕到这里来，你若是回来了，要你在家等着。"

"有什么事呢?"

"据说还是那人的事。"

哥哥原来是为岛田的事而来的。

三一

妻子把手里的文书递到健三跟前。

"说把这个交给你。"

健三带着惊讶的神态，把东西接过来。

"什么东西？"

"说全是与那人有关的文书，拿给健三看看，也许会有参考。一直收藏在小柜子的抽屉里，今天才取出拿来的。"

"还有这种文书？"

他从妻子手里接过那捆文书，托在手里，呆呆地看着那年深日久的纸的颜色，而且无意识地翻来覆去看了看。这捆文书厚约两寸，也许是长期扔放在不通风、有湿气的地方吧，健三突然发现早被虫蛀出一道痕迹来了。他只是用手指轻轻摸了摸那不规则的痕迹，却无心解开仔细捆好的纸捻结，把里面的东西看一看。

"打开看的话，里面会有什么东西吗？"这句话充分说明了他的想法。

"他说父亲为了子孙后代，特意归置好保存下来的。"

"是吗？"健三以往并不特别尊重自己父亲的判断力和分辨力，

"因为是父亲办的事，他是会把所有东西归置好的。"

"可是，这全是出于对你的关心，据说，老人家考虑到那家伙是那样的人，自己死后，说不定他会说出什么话来，到那时，这文书就起作用了，所以才特意归置起来，交给你哥哥的。"

"是吗，我可不知道。"

健三的父亲是中风死的。父亲健在时，他就离开了东京，父亲死时也未能见上一面。这种文书未经他过目，长期保存在哥哥手上，那是不足为奇的。

他终于解开了捆文书的纸捻结，把叠在一起的东西一一进行查看。有的上面写着"手续书"，有的写着"契约一束"，在对折的日本纸账本上，写着"明治二十年正月契约金收据"，这些东西先后展现出来。账本的最后一页上，有岛田签写的"以上于本日领取"、"以上已按应付款项付清"的字迹，还盖有黑色的印章。

"父亲每月被他拿走三到四圆。"

"是被那人拿走吗？"妻子在对面倒看着账本。

"不知道总共拿去了多少。按理说，除此以外，应该还有临时给的钱。因为是父亲办的事，肯定会有收据的，只是不晓得放在哪里。"

文书一张一张不断展现出来，可在健三看来，全都乱七八糟，不易弄清。过了一会，他把叠成四折的一垛厚厚的东西拿起来，打开来看看里面是什么。

"连小学毕业证书都放在这里面。"

那所小学的名称，随着时间的推移而有所不同，最早盖的印章叫"第一大学区第五中学区第八小学"。

"那是什么?"

"是什么,我自己也记不得了。"

"相当旧的东西喽!"

在证书里还夹有两三张奖状,周围是上升的龙和下降的龙,正当中写着甲科或乙科,下方横着绘有笔墨纸的花纹。

"还得过书本奖哩!"

他想起小时候抱着《劝善训蒙》和《舆地志略》等书,高高兴兴跑回家来的情景;还想起在得奖的前一天晚上梦见青龙和白虎的事。今天在健三看来,这些往事不同一般,好像近在眼前。

三二

妻子很珍惜这些陈旧的证书，丈夫扔下之后，她又拿起来，一张一张仔细查看。

"奇怪！什么初等小学第五级、第六级，有这个年级吗？"

"有啊。"健三说完，又去翻看别的文书，父亲的字迹特别难认，所以把他弄得好苦，"瞧这个，真没法认啊，越是看不明白的地方，越是使劲打红圈划杠子。"

那是一份草稿，像是健三的父亲与岛田办交涉时作的记录，他递给了妻子。妻子是女人，所以看得仔细。

"你父亲还照顾过那个叫岛田的人哩！"

"这事我也听说过。"

"这里明写着嘛——此人年幼，难于谋事，由我收领，有教养五年之缘。"

妻子读文章，听起来简直跟旧幕府时代的商人向城镇衙门告状一样。健三在妻子的这种腔调促使下，仿佛看到自己那位古板的父亲就在眼前。他还想起父亲过去用合适的敬语，给他讲述将军放鹰捕鸟时的情景等等。当然，妻子的真正兴趣主要放在家务事上，对文体之类的事，是根本不关心的。

"因为这个缘故，你才被送去给那人当养子的呀，这里也这么写着哩！"

健三可怜自己落得这个报应。妻子却不在意地接着往下念：

"健三三岁时，遭为养子，尚属清吉，后因与其妻阿常不睦，终成分离。其时，健三年仅八岁，我即将子领回，迄今已养育十四年——下面被红笔涂得乱七八糟，认不得了呀！"

妻子再三调整文书和自己的眼睛的位置，打算再往下念。健三交抱双手，一声不响地等着。不一会，妻子哧哧地窃笑起来。

"有什么好笑的？"

"可不吗……"

妻子没有说下去，把文书正对着丈夫，然后用食指指着用红笔在行间仔细作了批注的地方。

"你看看这里。"

健三皱着眉头艰难地把那一行字念下去："在管理所供职期间，因与寡妇远山藤私通——什么呀，真无聊！"

"可是，这总是事实吧。"

"事实倒是事实。"

"那就是你八岁的时候。也就是说，打那以后，你就回到自己家里来了。"

"可是，户籍没有复原。"

"是那人……"

一种兴趣激发了妻子的好奇心，她又拿起文书，把看不清的地方放过去，专拣认得清的部分看，想从中发现自己还不知道的事。

文书的末了，还列举说明岛田不仅仍扣着健三的户籍，不让他回自己家，而且经常滥用把健三改为户主的印鉴，到处去借钱。

其中还有在即将决裂时，向岛田支付了养育费的证明。上面写有一段长文："基于上述，健三断缘归宗，当即交付赎金××圆，下欠××圆，议定每月三十日分期支付"云云。

"尽是些稀奇古怪的句子。"

"其中提到经办人是比田寅八，并在下方盖有印章。这也许是比田姐夫写的吧。"

看到了证明的文句，健三才联想到最近会见比田时，他那副全局在胸的样子。

三三

哥哥说好葬礼完了要顺便来一下的,却不见照面。

"也许因为太晚,直接回家去了。"

健三认为这样更好。他的工作本来就应该利用前一天或前一个晚上进行调查研究,否则将完不成任务。因此,如果宝贵的时间被别的事占去了,对他来说,这是非常懊恼的事。

他把哥哥留下的文书归置起来,本想用原来的纸捻捆好,可手指一使劲,纸捻就绷断了。

"放得太久,不结实了!"

"是吗?"

"跟你说吧,字据被虫咬了。"

"可能吧,一直扔在抽屉里嘛。可是,哥哥怎么会把东西保存得这么好呢,根据他的脾气,一为吃喝发愁,就会把什么东西都卖掉的呀!"

妻子望着健三笑了起来。

"给虫子咬过的纸张,不会有人买吧。"

"怎么办呢?总不能就那么扔进废纸篓里吧。"

妻子从炕桌抽屉里拣出用红白线捻成的细绳，把扔在那里的文书重新捆起来，然后交给丈夫。

"我这里没有地方存放呀！"

他周围堆的全是书，连小书箱里也塞满了书信和笔记本。只是那个放铺盖的壁柜还有点空隙。妻子苦笑着站起身来。

"在两三天里，你哥哥一定还会来的。"

"是为了那件事？"

"那是一件事。还有，他今天去参加葬礼，说要借裤子，便从这里穿了一件去。肯定要来还的。"

不借弟弟的裤子就没法去参加葬礼，这使健三不得不想想哥哥的处境。他还记得自己刚从学校毕业、穿上哥哥送的一件宽大的薄短裤和朋友们一起在池端照相的情景。其中一位朋友对健三说："看我们谁最先坐上马车①。"当时他没有搭腔，只是默默地看着自己的短裤。这件短裤是老早的罗纱料子，上面印有家徽。说得不好听，那是为了蔽羞，才说那件短裤没有破绽，还看得上眼。还有这么一件事：他应邀参加好友的婚礼，前往星冈茶寮②时，也因为没有像样的衣服，就把哥哥的长袍大裤一起借来，才把那场面应付过去。

他唤起的这些回忆，妻子是不知道的。可是，事到今天，与其说使他得意，不如说使他伤感。今昔有别——他不由得想起了这句最能表达他心情的俗语。

"连件裤子总该有呀！"

---

① 此处系指官员乘用的马车，即当官的意思。
② "星冈"是位于旧麴町区永田町日枝神社的一块高地，此处茶寮为一家高级会员制料理店。

"大家都好久不穿这种裙子了，也许卖掉了吧！"

"不好办啊！"

"反正家里有，需要的时候借去穿，这不就行了吗，又不是每天都穿的衣服。"

"好在家里有，还算不错。"

妻子想起最近瞒着丈夫典当了自己的衣服的事。健三有一种悲观哲学，认为总有一天自己也会陷入与哥哥同样的困境。

过去，他就是独自在贫困中站起来的，今天，他节衣缩食，生活仍不宽裕。可是，周围的人却把他当成了赖以生存的主心骨，他很难过。如果把他这样的人看成是亲戚们当中混得最好的，那就更难为情了。

三四

　　健三的哥哥是个小官吏，在东京市中心一个大局里工作。长期以来，他那可怜巴巴的样子在那座宏伟的建筑物里进进出出，自己也觉得很不相称。

　　"我这种人已经老朽不堪喽！不管怎么说，年轻人有为，正在一个接一个地崭露头角。"

　　在那衙门里，几百人不分昼夜，在紧张地工作。他已心力交瘁，存在与否，简直跟无形的影子一样。

　　"哎，够啦！"

　　不想干了！他脑子里经常闪过这样的念头。他有病在身，比实际年龄苍老得多，也干瘦得多，脸无光泽，像快死的人似的，在苟延残喘。

　　"因为上夜班没法睡觉，所以伤了身子。"

　　他经常因感冒引起咳嗽，有时还发高烧。发烧肯定是肺病的预兆，这就威胁着他的生命。

　　实际上，他的工作，即使是强壮的青年人，也肯定会感到辛苦的。每隔一晚他就得在局里加班，而且是通宵达旦地干，第二天早晨才迷迷糊糊地回到自己的家里。这一天，他像散了架似的，什么事也不能做，只好躺下来睡大觉。尽管如此，为了自己，为了养家，他又不得不这样拼命。

"这回好像有点不妙，能不能找个担保的人？"

每次传说局里要改革或者整顿，健三就会从哥哥那里听到这种话。健三不在东京期间，哥哥三番两次地特意写信来托付这件事，而且每次都特意告诉权势者的名字，要健三设法求情。然而，健三对这些权势者，只知其名，没有一个是亲密得足以保住哥哥的位子的。健三只能双手托腮，陷入沉思。

难怪哥哥对工作老是不安心，因为他很早就担任了现今这个职务，既无变更，也未提升。他只比健三大七岁，就像不变化的机器一样操劳了半辈子，除了不断磨损之外，看不出有什么别的不同。

"那工作干了二十四五年，究竟干出什么名堂来了呢？"

健三有时很想用这话来开导自己的哥哥。这时，眼前又浮现出这位哥哥往日爱讲究、却不爱学习的模样：不是弹三味线，就是学一弦琴，要不就是揉好糯米团子往锅里扔，或是把煮好的洋粉凉在食盆里。当时他就这样把所有的时间，都花在吃喝玩乐上。

"要说这完全是自作自受嘛，那倒是一点不假！"

这就是今天哥哥经常向别人说的心里话。他就是这么个懒汉。

兄弟们都死了，他自然成了健三生父的继承人。等父亲一去世，他立即卖掉了祖先的住宅，用以还清先前欠下的债款，自己搬进一间小屋子里，接着，又把小屋里摆不下的家具变卖了。

不久，他成了三个孩子的父亲。孩子们当中，他最疼爱长女，可这孩子从即将成年起就得了严重的肺病，为了拯救这个女儿，他采取了一切措施。可是，他所能做到的一切，在残酷的命运面前，全都付诸东流。折腾了两年之后，女儿终于死了。这时，他家柜子里的东西已荡然无存。不用说出席仪式需要的裙子，甚至连一件像样的带家徽的外衣也没有，只好把健三在国外穿旧了的西服拿来，每天当宝贝穿着到局里去上班。

三五

过了两三天，果然不出妻子所料，哥哥还褂子来了。

"拖久了，实在对不起，谢谢。"

哥哥在窗下的护板上，打开包袱皮，把两头反拆叠成小件的褂子拿出来，放在弟媳妇面前。他过去很爱虚荣、连个小包都不愿拿，与此相比，如今他不但完全失去了那副神气，反而不顾体面了。他用那干瘪的手，抓住脏包袱皮的角，把它叠好。

"这件褂子真好，是最近做的吗？"

"不，如今根本不会去做这种褂子，是老早就有的。"

妻子想起结婚的时候，丈夫穿着这件褂子正襟危坐的样子。那次婚礼是在外地举行的，一切从简，哥哥没有参加。

"啊，是吗？这么说，好像在哪里见过似的，虽说是早先的东西，却很结实，一点也没有损坏。"

"因为很少穿。再说，他一个人的时候，不知怎么想起买那么一件衣服的，我至今还感到奇怪哩！"

"兴许是打算在婚礼上穿，才特意去做的吧。"

两人有说有笑地谈起了那次非同寻常的婚礼。

弟媳妇的父亲特意带着女儿从东京来到健三所在的地方，女儿穿着长袖和服，他自己却连一套礼服也没有，就那么穿着普通的哔叽单衣，盘着腿坐了下来。至于健三，除了有个老太婆外，身边连个商量的人都没有，更是狼狈不堪，对如何办婚礼，他一点主意也没有。本来说好回东京后再成亲的，所以媒人也不在当地。为了作个参考，健三看了看媒人写来的注意事项，那是用楷书写在上等纸上，要求无疑是极其严格的。可是，其中虽引用了《东鉴》^①等书的事例，却没有起任何实际作用。

　　"跟你说吧，连酒壶上都贴上一对纸蝴蝶呢。喝交杯酒的杯子，边上都碰出缺口来啦！"

　　"那么，交杯换盏采用了三三见九式喽！"

　　"可不，正因为如此，夫妇关系才这么不称心嘛。"

　　哥哥苦笑起来。

　　"健三是个很难有笑脸的人，让阿住作难了吧。"

　　妻子只是笑了笑，像不想与哥哥再说下去似的。

　　"他该回来啦。"

　　"今天我非等他回来说说那件事……"

　　哥哥还想说下去，弟媳妇突然站起来，走进起居室去看钟。她出来时，手里拿着前不久送来的那些文书。

　　"这东西有用吗？"

　　"不，那只是拿来作参考的，也许用不着了。给健三看过了吗？"

　　"嗯，给他看过了。"

---

①《东鉴》亦作《吾妻镜》，为镰仓幕府编的一部五十二卷的史书。

"他说什么?"

弟媳妇不想直接回答。

"这里边包着各式各样的文书,实在太多啦!"

"父亲说往后出什么事就不好办,所以才妥善保存下来的。"

弟媳妇没有说出丈夫要她把其中至关紧要的部分念给他听的事。哥哥也没有就文书再说什么。两人在健三回来之前,尽是闲谈。过了约莫三十分钟,健三回来了。

三六

他跟往常一样，更换了衣服，来到客厅里。这时用红白细绳捆好的那束文书已经放在哥哥的腿上。

"前两天来过啦!"

哥哥用干瘪的手指，把一度解开了的绳结照原样扎好。

"刚才我把它翻了一下，发现你不要的东西，也乱捆在这里面。"

"是吗?"

健三这才知道长期以来哥哥并未看过这些妥善收藏的文书。哥哥也发觉自己的弟弟对查阅这些文书并不那么热心。

"阿由要求转户籍的申请书，也捆在里面。"

所说的阿由，那是嫂子的名字。哥哥和阿由结婚时，必须向区长递交的申请书也在里面发现了。这是兄弟俩都没有想到的。

哥哥跟第一个妻子离了婚，第二个妻子又死了。第二个妻子生病时，哥哥并不怎么担心，经常往外边跑。因为他认为妻子只是妊娠反应，不要紧的，所以显得很放心。就在病情恶化以后，他还是没有改变那种态度。旁人甚至认为这是他不关心妻子的一种表现。健三也认为很可能如此。

娶第三个妻子，是哥哥自己说出了喜爱的女人的名字，经父亲允许的，只是根本没有同弟弟商量。正因为这样，自尊心很强的健三，对哥哥产生了不满，甚至牵涉到没有罪过的嫂嫂。他提出不乐意把既无教育又无身份的人称作嫂嫂，这就苦了懦弱的哥哥。

"哪有这么不开通的人呢！"

这种背地里批评他的话，不仅没有促使他反省，反而使他更加固执。他只顾尊重成规旧俗，却不知会陷入跟做学问一样的困境。他的毛病在于明知自己缺少见识，却还要夸口说见多识广。他带着羞愧的目光，在回顾自己的往事。

"既然连转户籍的申请书也乱放在一起，那就把它还给你。你带回去不就行啦。"

"不，这是抄件，我也用不着。"

哥哥没有去解开红白绳子。健三突然想知道交申请书的日期。

"把申请书交到区公所去，到底在什么时候？"

"老早啦！"

哥哥只说了这么一句，嘴边带着微笑。头婚和再娶都失策了，第三次总算跟自己中意的女人生活在一起。他还没有衰老到忘却这昔日的情景的程度，当然，也不能像年轻人一样，把这一切都说个清楚。

"有多大啦？"妻子问。

"是问阿由吗？阿由和阿住你只差一岁。"

"还年轻嘛。"

哥哥没有作答，只顾解开从刚才起一直放在腿上的文书的绳子。

"里面还有这么件东西哩。那也是跟你无关的。刚才看到了，连我都大吃一惊哩，你瞧！"

他从乱七八糟的旧纸堆里，很轻易地抽出一份通知书来，那是他长女喜代子的出生通知书的底稿，上面写着"此人生于本月二十三日上午十一时五十分"，在"本月二十三日"几个字上划有一道线，表示勾销，正好与虫咬出的一道不规则的线错开。

"这是父亲的手迹，知道不？"

他把那一张旧纸郑重地翻过来对着健三，让健三看。

"你看，遭虫子咬了。本该如此，这不仅是出生通知，也成了死亡通知啊！"

哥哥嘴里轻声地念着这个死于肺病的孩子的出生年月。

三七

哥哥等于是过去的人了。他的面前已不存在美好的前景。健三与这位无论谈什么都要回顾一阵子的哥哥，面对面坐着，感到自己也好像从应该走的生活道路上被拖了回来似的。

"真凄凉呀！"

健三如果与哥哥结伴同行，那么，他就不能对未来抱过多的希望。正因为如此，他眼下无疑会感到很凄凉。他很清楚：照现在这样发展下去，前途肯定是惨淡的。

前不久商量好要拒绝岛田的要求，哥哥照此办了，他把大致情况告诉了健三。至于用什么办法拒绝的？对方又有何答复？问起这些详细情况来，哥哥的回答总是不得要领。

"不管怎样，比田是这么说的，这该不会错吧。"

是比田直接找岛田当面作了交代呢？还是把商量好的情况写信告诉岛田的呢？健三却弄不清楚。

"我想比田可能亲自去了。要不，那种人的事，光写信能解决得了吗？这事听他讲过，可还是忘记了。本来，在那以后，我为了看望姐姐，又顺便去了一次，当时比田还是不在家，没有见到人。姐姐说：他的确很忙，这事也许还搁着没有去办。他是那么个不负责任的人，说不定他确实没有去呢！"

健三也知道，比田的确是个不负责任的人。可是，无论托他干什么，他总是答应下来。只要别人向他低头求情，他就高兴，而且爱打保票。如果求情者不顺他的心，那就不容易请动他。

"可是，这回的事，岛田也会主动去找比田的呀！"

哥哥暗中埋怨比田，觉得他如果没有向岛田作出交代，那就太说不过去了。尽管如此，在这种情况下，要哥哥自己去办什么交涉，那他是绝不肯干的。需要稍费点神的麻烦事，哥哥肯定不会理睬。可是，只要情况允许，他又会强忍着在暗中自寻烦恼。对他这种矛盾心理，健三既不觉得可气，也不觉得可笑，而是表示同情。

"我们是兄弟，在旁人看来，兴许有相似之处。"他想到这里，觉得同情哥哥等于同情自己。

"姐姐好了吗？"他转换话题，问起姐姐的病情来。

"啊，要说气喘病也真奇怪，难受得成了那个样，却很快就好了。"

"能说话了吗？"

"岂止能说话，而是特别能唠叨，又是老样子。——姐姐还说，她认为岛田到阿缝那里去，兴许会给阿缝出什么点子。"

"可不是吗。因为他是那种人，有可能在那里说些不合常理的话。这样看也许是恰当的。"

"倒也是。"

哥哥在思考。健三显得捉摸不定。

"如果不是这样，那肯定会说，因为自己上了年纪，大家都嫌他碍事什么的。"

健三还是没有说话。

"不管怎么说，他肯定感到很无聊。就因为他是那种人，所以不是感情上的无聊，而是欲望上的无聊。"

哥哥总算知道了阿缝按月给她母亲寄生活费的事。

"阿藤好歹还能领到金鸱勋章 [①] 的养老金什么的，因此，岛田也想从什么地方得到一点，否则就会无聊得难受。说来说去，他总是那么贪得无厌。"

健三对因欲壑难填而感到无聊的人，是不怎么同情的。

---

① 授予卓有武功的军人的一种勋章，附有一定的终身养老金。创于明治二十三年，现已废除。

三八

又过了几天平安的日子。对健三来说，这不过是日子过得更沉闷罢了。

在这种日子里，他常常被迫追忆自己的往事，在不断同情哥哥的同时，自己也无意中跟哥哥一样，好像成了过去的人。

他试图割断自己的一生。可本该彻底抛弃的往事，却又紧跟着自己。他的眼睛望着前方，脚却容易朝后迈。

他所朝方向的尽头，有一座四方的大住宅①，里面有楼房，架着宽梯子。在健三看来，楼房上下两层都是一个式样，当中院子也是正方形的，四周由游廊包围着。

奇怪的是：这么大的宅子却没有人居住。他童年的心，还不懂得这就是寂静，也缺乏对家的认识和理解。

他把那连接在一起的许多房间，还有笔直伸向远处的游廊，完全看成了装有天花板的街。他独自在那无人通行的路上走，甚至在里面到处乱跑。

他有时还爬到临街的楼上，透过房间的长格子窗往下窥看，接连有几匹挂着铃铛、系着肚兜的马从他眼前走过。街道的对过，建有一尊青铜大佛，盘坐在莲台上，扛着一根很粗的禅杖，头上还戴着斗笠。

健三有时也到昏暗的堂屋里去，从那里再沿着对面的石阶往下走，横穿马走过的街道。他经常爬到大佛的身上，脚踩着大佛的衣褶，用手去抓禅杖的柄，从背后去攀大佛的肩膀，用自己的头去顶那斗笠。直到再没有什么可玩了，才从大佛身上下来。

他还记得在这四方住宅和青铜大佛的附近有一座红门的住宅。从狭窄的街道拐进小胡同约莫四十米，正面就是那红门住宅，房后掩着一片竹林。

从这狭窄的街道一直走，往左拐，就是很长的一条下坡路。在健三的记忆里，这条坡路的台阶是用大小不匀的石头自下而上铺成的，也许因为年代太久，石头移动了吧，台阶是坑坑洼洼的，石头缝里长出的青草，在风中摇曳。尽管如此，人们还是经常从那里经过。他好几次穿着草鞋，沿着高台阶走上去又走下来。

下完这道坡，又是一道坡。在那不太高的山坡上，成排的杉树显得十分苍翠，正好在坡道与坡道之间，形成了谷间洼地，左边有一所茅草屋。屋子从外往里缩进去，而且有点向右倾斜，面向大路的部分，外表盖得跟茶棚一样简陋，经常妥放着两三把折叠椅。

透过苇子缝隙望去，里面有一个用石头围起来的池子。池子上面搭着藤萝架，从水面上伸出两根柱子来，支撑着架子的两端。柱子下部埋在池子里。周围生长着许多杜鹃花。池子里红鲤鱼来回游动，它的影子如同幻影一般，使混浊的池底现出红色来。健三真想

---

① 这里指的是漱石伯母在新宿中街经营的一座妓院，明治维新后被关闭。漱石小时曾由养父领着在这里住过。

去那里垂钓。

有一天，他趁那家没有人，弄来一根粗糙的大肚子竹竿，顶端系上一根绳子，钩上鱼食，扔进了池子里。这么一来，很快就有一种能拽动绳子的可怕的东西袭来，一股不把他拖进池底绝不罢休的力量传到了他的两只手腕上。这时他害怕了，赶紧扔掉了竹竿。第二天，发现一条一尺多长的红鲤鱼，静静地漂在水面上。他对此感到害怕……

"当时自己和谁住在一起呢?"

他的脑子完全跟白纸一样，什么也记不起来了。可是，如果凭借分析力去追索的话，应该是和岛田夫妻生活在一起才对。

三九

　　随后，情景又起了变化。寂静的乡村突然从他的记忆里消失了，一座装有格子窗的小住宅，模模糊糊地出现在眼前。这没有院门的宅子，坐落在小巷般的街上，道路狭长，而且左曲右拐。他模模糊糊地记得自己住的房子整天都是昏暗的，阳光和他的房子根本无缘。

　　在那里，他长过疮疱。等他长大了问起此事，知情人说是因为种了牛痘才出的疮疱。装有格子窗的屋里，昏暗少光，他在铺席上滚来滚去，连哭带叫地在身上乱抓。

　　他突然又在一座宽敞的建筑物里，看到了自己的童年。那像分隔开来、可又连在一起的屋子里，只有孤零零的几个人。在空着的房间里，铺席也好，薄褥子也好，全发黄了，周围寂静得跟寺院一样。他曾爬到高处，在那里吃盒饭。他把用葫芦瓢盛着的像炸豆腐饭团似的东西从上边扔下去。他多次抓住栏杆朝下看，却不见有人去拾那东西。陪着他的大人，只顾看对面去了。对面正在演戏，舞台上有人在摇晃房柱，拆除大宅子，然后从拆毁的房顶上，钻出一个短胡子的军人来，显得威风凛凛——当时，健三脑子里还没有戏剧这个概念。

不知为什么，他在脑子里把这出戏和逃走的老鹰连在一起了。老鹰突然反方向朝对面青翠的竹丛飞去。他身边的一个人在叫喊："飞跑了，飞跑了！"这么一来，又有另一个人拍着手把那只老鹰招呼回来——健三的回忆到这里中断了。他是先看戏？还是先看老鹰？已经记不清了。再说，他是先住在尽是田园和草丛的乡下？还是先住在面向狭窄街道的昏暗屋子里？这些也都印象模糊了。也就是说，当时他的记忆里，几乎没有留下任何人的影子。

岛田夫妻作为他的父母，明确地反映在他的意识里，那是其后不久的事。

当时夫妻俩住在不同一般的房子里。从门口向右拐，沿着别人家的墙根走，再登三级台阶，就是一条只有三尺宽的小巷。经过小巷，才来到宽阔而热闹的大街上。从右边拐过走廊，反过来再下两三级台阶，便有一个长方形的大房间。与大房间相接的堂屋也是长方形的，从堂屋里出去，就是一条大河。河上有几艘挂白帆的船划来划去。河岸边设有栏杆，里面堆满了柴火。栏杆与栏杆之间的空当，有一条缓缓的小坡道，一直伸到水边。方背壳的螃蟹，经常从石墙缝里伸出它那双大鳌子来。

那狭长的宅子分成三段，岛田的家在正当中。这原来是一家富商的房子，面向河岸的长方形大房间，可能作过店房。可是，房主是谁？为什么他要把这里让出来？这都属于健三了解范围以外的秘密。

有个西洋人曾经一度租用那个大房间教过英语。因为过去那个时代把西洋人当作怪人，所以岛田的妻子阿常总觉得好像同怪物住在一起似的，心里害怕。当然，说起这西洋人来，也确实有个毛病，他老是穿着拖鞋，慢慢吞吞地走到岛田租用的房间屋檐下来。阿常也许是心里有气吧，脸色发白，躺在那里。那人却站在屋檐下往里探望，还说是来致意问候的。他问候的话，是日语？是英语？还是光打手势？健三对此一无所知。

四〇

西洋人不知什么时候搬走了。等小健三突然想起来，再去一看，那间大房子已经变成管理所了。

所谓管理所，类似现在的区政府。大家把矮桌子摆成一排，在那里办事。那时候，还不像今天这样广泛使用书桌和椅子，而是长时间盘腿坐在铺席上。传呼来的人，或者是自己主动前来的人，都把自己的木屐脱在堂屋里，恭恭敬敬地候在各自的桌子跟前。

岛田是这管理所的头头。他的位子设在从入口处径直往里走的最尽头。从那里直角拐弯，到能看见河的格子窗边，还有多少人？有几张桌子？健三确实记得没有人对他说过。

岛田的住处和管理所，本来就在一栋狭长的房子里，只是被分隔开来了，所以他无论上下班，都能图得不少的方便。他晴天不会挨尘土，雨天省得打伞。他沿着廊檐去上班，同样沿着廊檐回家来。

就因为这个关系，小健三胆子大多了。他经常到办公的房间去，大家逗他玩。他一来劲，就去摆弄秘书用的砚匣子里的朱墨，或者是挥舞小刀的刀鞘，不停地干那种人所讨厌的淘气事。岛田却尽可能利用他的权势，袒护这个小暴君的所作所为。

岛田很吝啬，妻子阿常比他更吝啬。

　　"所谓吝啬鬼，就是指那种人。"

　　他回到自己家里以后，经常听到这样的指责。可是，他当时毫不在意地看着阿常坐在长火盆边给女仆盛酱汤。

　　"这么说来，女仆该有多么可怜啊！"健三自己家里的人发出了苦笑。

　　阿常总是把放饭菜的橱子锁起来，有时候，健三的生父来访，肯定是吃叫来的面条，她和健三也得跟着吃面条。即使是吃饭时间，也绝不会像平常那样端出饭菜来。当时，健三把这看成是理所当然的事，等回到自己家里以后，看到三顿正餐之外，还加三次点心，他感到很奇怪。

　　在花钱方面，夫妻俩对健三却显得很大方。外出的时候，让他穿着好料子的外褂；为了买绉绸衣服，还特意领着他到越后店去。到了越后店，坐下来挑选花色时，天快黑了，当店里的学徒们从两边把大门的挡雨板拉上时，小健三害怕得哇的一声哭了起来。

　　他要来的玩具，当然任他摆弄，其中还有幻灯机。他经常在用纸粘成的幕上放映古装影子戏，让戴古代礼帽的人时而摇铃、时而迈腿，心里十分高兴。他买来一个新陀螺，为了经久耐用，所以浸泡在河边的泥沟里。可是泥沟里的水会从柴火堆的栏杆缝里流到河里去，他担心陀螺会因此流失，一天好几次从管理所钻进去，三番五次地拿起来看了又看。每次到河边去，他就用棍子去捅螃蟹爬进去的石墙缝的洞，螃蟹一爬出来，他就按住它的壳，抓上几只活的，装进袖兜里……

　　总之，岛田夫妻虽说吝啬，但健三是从别人那里要来的唯一的儿子，所以反而得到另眼相待。

四一

可是，在夫妻俩的心灵深处，却经常隐藏着对健三的不放心。

每当寒冷的夜晚，他们面对面坐在长火盆边时，夫妻俩会经常这么问健三：

"哪一个是你阿爸？"

健三就朝向岛田，指着他。

"那么，阿妈呢？"

健三又看着阿常的脸，指着她。他俩的要求得到初步满足之后，接着又会用另外的方式来问同样的问题。

"这么说，你真正的阿爸和阿妈呢？"

健三虽然厌烦，也只好反复作出同样的答复。不知为何，这答复居然使夫妻俩高兴起来，他俩会心地笑了。

有一段时期，三个人之间几乎每天都出现这种情景。有时光这样问答还不能算完，特别是阿常，总要刨根问底。

"你是在哪里生的？"

她这么一问，健三就说出他所记得的那个家，那里有一座红门——有竹丛蔽着的小红门。阿常总是这么训练他，让他无论在什么时候，只要这么一问，他就能毫不犹豫地回答出来。他的回答无疑是机械的。可是，她对此毫不在意。

"健儿，你到底是谁的孩子呀？说出来，别瞒着。"

健三弄得十分尴尬。有时与其说是尴尬，不如说是生气。为了不给对方满意的回答，他故意默不作声。

"你最喜欢谁呀？是阿爸，还是阿妈？"

健三最讨厌为了得到她的欢心而按她想听的去回答。他一声不响，像木棍一样直立着。阿常把健三的这种表示，单纯看作年幼无知。她看得过于简单了，健三心里是很厌恶她这种态度的。

夫妻俩竭尽全力想把健三变成他们的专有物，实际上健三的确为他们所专有。此刻他们把健三当作宝贝，到头来，将使健三陷入困境，为他们而牺牲自己的自由。他的身体已经受到了束缚，然而比这更可怕的是心灵上的束缚。这种不以为足的做法，已经在他那不懂事的心里投下了阴影。

无论什么事，夫妻俩都想要健三意识到这是他们给予的恩惠。因此，有时会把"阿爸"两字说得很重，有时又会在"阿妈"两字上用力；不说阿爸和阿妈，白吃糖果，或白穿衣服，对健三来说，自然是得不到允许的。

他们想把自己的热情从外部使劲塞进孩子的心灵里去，可是，这种努力却在孩子身上产生了相反的结果。健三讨厌他们。

"为什么对我管得那么多呢！"

每当提到"阿爸"或是"阿妈"的时候，健三就想得到自己个人的自由。他会高兴地玩自己得来的玩具，或是没完没了地欣赏彩色画，可对给他买这些东西的人，显得并不喜爱。至少他想把这两件事截然分开，单独沉醉在纯粹的乐趣里。

夫妻俩疼爱健三，他们指望这种感情得到特殊的报答。可是这跟凭借金钱的力量偷娶美女、女人要什么就给买什么一样，他们这样做的目的并不在于使人了解自己的感情，只是为了取得健三的欢心，才不得不显出热情来的。他们的不良用心会受到自然发展的惩罚，此时却还蒙在鼓里。

四二

　　与此同时，健三的性格也受到了损伤。他那温顺的天性渐渐地从外表上消失了。而弥补这一缺陷的，不外是"刚愎"二字。

　　他一天比一天任性，他要的东西如果弄不到手，不管在大街上，还是在马路边，当即一屁股坐下去，就是不起来。有时他会从小孩的背后扑去，使劲拔人家的头发；有时他蛮不讲理，硬要把神社里放养的鸽子拿回家去。他生活在把养父母的宠爱视为自己专有的狭小天地里，别的事，什么都不懂。在他看来，所有其他人都是为听从他的命令才活在这世界上的，他只需要考虑自己过得痛快就行了。

　　没过多久，他的蛮横又往前发展了一步。

　　一天早晨，他被家里人叫起来，一边揉着惺忪的眼睛，一边向檐廊走去。每天早晨起来在那里小便，这是他的老习惯。可是，这一天，他不如往日睡得那么足，所以小便没有完，就在半路上睡着了。后来怎么样？他可不知道。

　　睁开眼睛一看，他正好滚在小便上，不凑巧，他跌倒的地方，檐廊边沿太高，又正好处在从大街滑向河岸的半截腰上。距地面的高度是普通檐廊的好几倍，他终于在这次事故中摔伤了腰。

养父母慌了手脚，连忙把他带到千住的名仓骨科医院去，尽力进行治疗。可是，腰扭痛得厉害，轻易站不起来。每天在他扭伤的部位涂上带醋酸味的黄色糊状药物，就那么躺在客厅里。他不知道这样的日子持续了多久。

"还不能站吗？站起来试试。"

阿常几乎每天都这么催促他。可健三不能动，即使像是能动了，也故意不动。他躺在那里，看着阿常焦虑不安的表情，心中暗自好笑。

最后他还是站起来了，而且跟平时没有什么不同，在院子里到处转悠。这么一来，阿常又惊又喜，满脸一副作戏似的表情，反而希望他索性不要站起来，再多躺些日子更好。

他的缺点与阿常的缺点，在许多方面正好相反。

阿常是一个善于装模作样的宝贝女人，不管在什么场合，只要看到对自己有利，马上可以流下眼泪来。她把健三当成自己亲生的孩子，认为可以放心了。可是，她并没有察觉到自己这种内心的打算，已经彻底暴露在健三面前了。

一天，阿常与一位客人相对而坐，席间，谈话涉及叫甲的女人，尽管甲在旁边听着，也还是挨了一顿不堪入耳的臭骂。可是，当客人走了之后，甲突然又来找阿常。阿常却假惺惺地对甲说起好话来了。末了，甚至不必要地撒谎说："眼下某某先生很赞赏你哩！"

"有这么撒谎的吗？！"健三很生气。

他把小孩子那种天真无瑕的正直感在甲的面前和盘托出。等甲走了之后，阿常大发脾气。

"和你在一起，总是非惹我生气不可。"

健三觉得越早惹阿常生气越好。

他不知不觉对阿常产生了一种厌恶心理。无论阿常怎么疼爱他，他都没法拿出相应的情分来报答阿常。阿常心灵里隐藏着丑恶，而最了解这种丑恶心理的，除了这个在她的温暖怀抱里抚育长大的娇贵的孩子之外，别无他人了。

四三

这时，岛田与阿常之间出现了一种异常的现象。

一天夜晚，健三猛地睁开眼睛，看见夫妻俩在他旁边互相骂得很凶。这事使他感到很突然，就哭了起来。

第二天晚上，他再次被同样的争吵声从熟睡中惊醒过来。他又哭了。

像这种不得安宁的夜晚，持续了好几夜。而且两人的骂声越来越高，到后来，双方终于动起手来。扑打声、跺脚声、叫喊声，使他小小的心灵感到害怕。起初，他只要一哭，两人就会停止吵架；后来，不管你睡觉也好，醒着也好，都会毫不留情地继续吵下去。

"为什么每天深更半夜总要发生这种看不顺眼的现象呢？"在年幼的健三的头脑里，根本没法解释。他光知道讨厌这种现象。他不懂道理，也不明是非，是客观事实教育了他，使他讨厌这种现象的。

过后不久，阿常把情况告诉了健三。根据她的说法：她是世界上最善良的人，与此相反，岛田却是个大坏蛋，而最坏的要数阿藤。阿常在话里提到"那家伙"，或是"那女人"时，显得非常气愤，眼泪都要夺眶而出了。然而，这种激动的表情，除了使健三感到难受之外，不能产生别的效果。

"那家伙是仇人，是阿妈的仇人，也是你的仇人，即使粉身碎骨也要报仇！"

阿常老是待在健三身边，从早到晚都想陪着他。可是，与其说他喜欢阿常，不如说他喜欢岛田。岛田跟以往不同，不在家的时候居多，经常夜深了才回家。白天里又很少有机会见面。

可是，健三每晚总在昏暗的灯影下看到他，看到他凶狠的目光和气得发抖的嘴唇，听到他喉头里发出的愤怒的声音，像旋雾一样往外喷。

尽管如此，他仍然跟过去一样，常常带健三到外边去。他滴酒不进，特别喜欢甜食。一天夜里，他带着健三和阿藤的女儿阿缝，在热闹的大街上散步，回来时走进了一家年糕小豆汤铺子。这是健三第一次见到阿缝。他们从未轻易见过面，也根本没有说过话。

回到家里，阿常开口就问健三："岛田带你到哪里去了？"而且反复问有没有到阿藤家里去？最后还追问和谁一起到年糕铺子去的？健三不顾岛田的提醒，把情况如实地说了出来。尽管如此，阿常的怀疑仍然很难消除。她想尽了办法，企图套出更多的情况来。

"那家伙也在一起吧，要说真话，说了真话，阿妈给你好东西。说吧，那女人也去了，是不是？"

她怎么的也想让健三说出那女人一起去了，可健三硬是不说。她怀疑健三，健三鄙视她。

"那么，阿爸对那孩子说什么来着？对那孩子说了些用不着的话吧？对你说了什么？"

健三什么也不回答。这些问话只能使他打心眼里不愉快。可是，阿常不是那种就此罢休的女人。

"在年糕铺子里，让你坐在哪一边？是右边还是左边？"

这种出自嫉妒之心的提问总是没完没了。可是，这些问话正好暴露了她的为人，她却在所不顾；不到十岁的养子讨厌她，她也毫不在乎。

四四

不久，岛田突然从健三的眼睛里消失了。过去住的那所房子，是夹在面临河岸的后街和热闹的前街之间的，也突然无影无踪了。健三光是和阿常两人在一起，置身在另一所不熟悉的怪房子里。

这所房子的外边，有米店和豆酱店，门口都吊着绳条门帘。在他的记忆里，总是把这些大店铺和煮好的大豆联系在一起。他至今没有忘记每天吃煮豆子的事，而对自己新搬的房子，却没有留下任何印象。"时光"替他把这段孤寂的往事清扫得干干净净了。

阿常逢人就说岛田的事，嘴里还嘟哝着"可气可恨"，眼睛里淌出泪水来。

"我死也饶不了他。"

她的那股厉害劲，只能使健三的心离她越来越远。

她与丈夫分开以后，一心想把健三当作独自的专有物，而且也深信已为她所专有。

"往后就靠你喽！行吗？可要好好干啊！"

每次她这么央求时，健三不知说什么好。他无论怎么也没法像诚实的孩子那样，给她一个满意的回答。

在想把健三当玩物的阿常的心里，与其说为爱所驱使而冲动，不如说贪心在推动着一种邪念经常起作用。在不懂世故的健三的心里，这无疑会投下不愉快的阴影。当然，对其他的事，他是幼稚无知的。

两个人的生活没有持续多久，不知是因为缺少衣食？还是因为阿常再嫁而不得不改变现状？年幼的健三根本弄不清楚。反正她也从健三的眼睛里消失了。不知什么时候，健三被领回自己家里来了。

"想起来，完全跟别人的事一样，一点不觉得是自己的事。"

浮现在健三记忆里的这些往事，离今天的他，的确太遥远了。尽管如此，他还是应该想一想这些好似别人的生活一般的往事，即使有某种不愉快的滋味，也应该想一想。

"那个叫阿常的，当时改嫁到波多野家里去了吧？"

几年前，阿常给丈夫写来了一封长信，信封上的字迹，妻子还记得很清楚。

"也许是吧，我弄不清楚。"

"那个叫波多野的人，兴许还活着呢！"

健三根本没有见过波多野，脑子里当然不会去考虑他的生死之类的事。

"还说是个警官呢。"

"我不知道。"

"对啦，你也这么说过，忘啦。"

"什么时候？"

"你把那封信交给我看的时候呀！"

"是吗？"

健三稍许想起一些那封长信的内容来。其中说的尽是她当时辛辛苦苦照顾年幼的健三的事。因为没有奶，打开始就喂菜粥啦；因为有个坏毛病，爱尿床，拾掇起来很麻烦啦。对这些事的前因后果说得详详细细，使你看了感到腻味。其中还写到因为在甲府的什么地方，有个当审判官的亲戚，每月给她寄钱，所以如今生活得十分幸福。至于她那位宝贝丈夫，是警官还是什么，健三全忘了。

"说不定已经死了。"

"兴许还活着呢！"

两人既没有指波多野，也没有指阿常，光是这么你说一句，我答一声。

"跟那人突然而来一样，那女人说不定在什么时候也会突然而来哩！"

妻子望着健三的脸。健三只是交抱着双臂，没有吭声。

四五

　　健三和妻子都清楚地知道阿常写那封信的目的，因为字里行间都能看出这种意思：就是说，即便是与她没有太大关系的人，每月还热情地多少给点钱，而健三小时候她那么尽心照料，如今哪有不加理睬的道理呢。

　　当时，健三把这封信寄给在东京的哥哥，要哥哥提醒对方：不停地把这种信塞到工作单位来，太烦人了，要她稍加注意。哥哥很快回了信，信中写道：既然她已与养父脱离关系，另行改嫁，这就成了外人，而且健三也已经从养父家出来，如今还直接与本人通信，实在令人为难。现已将此意转告对方，放心好啦。从此以后，阿常不再来信了。健三放了心，但心里总觉得有点难受。他不能忘记过去受到阿常的照料，尽管厌恶她的念头也跟过去一样没有改变。总之，他对阿常的态度跟对岛田的态度差不多，也可以说他厌恶阿常甚于厌恶岛田。

　　"一个岛田已经够受的了。这种时候，如果那种女人再夹进来，就更难办啦！"健三心里在这么想。

　　妻子对丈夫的往昔不那么清楚，所以考虑得更多。不过，如今她的同情心全都倾注到娘家去了。她父亲本来是颇有地位的人，由于长期过浪人生活，结果在经济上越来越陷入了困境。

家里常有青年人来叙谈，健三与他们相对而坐，总是把对方那种开朗的性格和自己的内心境界进行比较。这一比就很清楚：映在他眼里的青年，全都注视着前方，轻松愉快地一步一步朝前走。

有一天，他对其中的一个青年说："你们真幸福，一旦毕了业，就只需专心考虑要做什么样的人，要干什么样的事。"

青年苦笑着答道："那是你们那个时代吧，如今的青年并不是那么悠闲，做什么人？干什么事？这自然会考虑，然而，我们更清楚地知道，在世界上还有不能如愿以偿的事。"

的确，与自己毕业的时代相比，世上的日子要难过十倍，可是，这都不过是有关衣食住的物质上的问题。因此，青年的回答与他的看法多少存在某些分歧。

"不，你们不像我这样为往事而烦恼，应该说是幸福的。"

青年的脸上露出了不理解话义的神色。

"可是一点也看不出您为往事而烦恼的样子呀。说起来，还是我们的世界尚属前程难卜啊！"

这回该轮到健三作难了。他苦笑着向那青年讲述了法国一位学者倡导的有关记忆的新学说[①]。人在行将淹死或从悬崖上掉下去的时刻，总是会把自己过去的一切，作为一瞬间的回忆，在自己头脑里描绘出来。这一现象，这位学者是这么解释的：

"也就是说，人平素光为自己的前途而生存。可是，由于某一

---

① 指柏格森(1859—1941)在1896年所著的《物质和记忆》的论述。

瞬间发生的危险，其前途突然被堵塞了，自己肯定就此休矣，这时，他就会立即转过来回顾自己的过去。这么一来，过去的一切经历都会一起恢复到自己的意识里来。"

青年人饶有兴趣地倾听着健三的介绍。他根本不了解情况，没法把这种论述应用到健三的身上来。健三也不愿把自己置身于刹那间回忆起所有的往事的危险境地，来考虑自己的今天。

四六

最先使健三的心卷进不愉快的往事的岛田，过了五六天之后，终于又出现在健三的客厅里。

当时，映入健三眼帘的这个老人，简直像过世的幽灵，又像现在的活人，但可以肯定他是自己暗淡的前程中的影子。

"这个影子附在我的身上转来转去，何时方休啊!?"

与其说健三受好奇心的驱使，不如说在他的心里荡起一层不安的微波。

"最近去拜访了比田。"

岛田仍和上次一样说话非常谨慎。可是，他为什么要把脚伸到比田家里去呢？谈到这一点，他又装作无所用心的样子，敷衍了事。听他的口气，完全像是因为好久不见，正好那边有事，才顺便前去问候的。

"那边不同过去，变化可大哩!"

健三怀疑坐在自己面前的这个人究竟有多少诚意？他是否真的拜托过比田前来劝自己别脱离父子关系？而比田是不是照他们商量的，断然拒绝了他的要求？健三对这些明确的事，都不能不表示怀疑。

"跟你说，事情是这样，那边有个瀑布，一到夏天，大家就经常往那边去。"

岛田不管对方作何表示，只顾往下闲扯。健三当然认为没有必要主动去谈那种不称心的事，只是跟在老人后面，唯唯是听罢了。这么一来，岛田说话的口气不知不觉走了样，到后来，他居然不客气地直接叫起健三姐姐的名字来了。

"阿夏也上年纪喽。说起来，我们确实好久没有见面了。过去，她是个很倔强的女人，经常跟我吵吵闹闹的，何苦呢！反过来说，大家的关系原本跟兄弟姐妹一样嘛，不管怎么吵闹，关系还是恢复得很快呀！再说，一有困难，她总是哭哭啼啼来求我帮忙，我觉得怪可怜的，每次总是多少给她一点。"

岛田说话显得十分傲慢，姐姐如果在背后听到了，一定会生气的。而且他话里充满了恶意，总是从自己个人的立场出发，把事实歪曲之后再强加于人。

健三的话越来越少了，末了，他一言不发，就那么直勾勾地盯着岛田的脸。

岛田特别喜爱女人。他在大街上看东西时，总是张着嘴，所以有点像傻子。可是，谁见了都绝不会认为他是个善良的傻子。他那双凹陷的眼睛深处，反映出的事物总是非同寻常；眉毛也显得很阴险；长在那狭窄而突出的前额上的头发，从年轻的时候起，就没有向两边分开过，像法师似的总是朝后抹。

他无意中看到了健三的目光，随即猜度对方的心事。刚才说话还像往日那么傲慢，现在一下子变得谨慎了。他本打算要健三恢复

166

过去的关系，终于死心不提了。

他用眼睛在屋子里来回搜索。可惜室内很煞风景，既无匾额，也无挂轴。

"你喜欢李鸿章的书法吗？"

他突然这么发问，健三既不说喜欢，也不说不喜欢。

"如果喜欢就送给你。那种东西如果作价的话，如今可是相当值钱啦！"

过去，岛田把人家冒充藤田东湖[①]的笔迹，在半张宣纸上写的"白发苍颜万死余[②]"的诗，当作老古董挂在厨房的灶台上方。他说要把李鸿章的书法送给健三，不知又是在什么地方找谁写的？令人颇为怀疑。健三根本不想得到岛田的东西，所以未加理睬。岛田只好回家去了。

---

① 藤田东湖(1806—1855)，日本江户幕府末期的学者、尊王攘夷论者。
② 为藤田东湖《述怀》诗的第一句。全诗为："白发苍颜万死余，平生豪气未全除，宝刀难染洋夷血，却忆常阳旧草芦。"

四七

"那人究竟来干什么呢?"

妻子强烈地感到那人绝不会无目的地白跑一趟。正好健三也多少受到同一感觉的支配。

"实在弄不明白。鱼和兽到底不一样啊!"

"你说什么?"

"说那种人和我们之间不一样。"

妻子突然联想起自己娘家人和丈夫之间的关系。两者之间存在一道自然形成的鸿沟,把彼此隔离开来。固执己见的丈夫是绝不会越过这道鸿沟的。他心里始终带着这股情绪:认为制造鸿沟的一方,理应把它填平。可她娘家正好相反,认为是健三自己任性,才挖出这道鸿沟来的,所以要由他来填平,才是正理。妻子无疑是站在自己娘家一方。她认为自己的丈夫是一个与世事不调和的乖僻的学者,同时她也承认丈夫与娘家之所以弄得不调和,自己在其中负有主要责任。

妻子闭上嘴,不想再说了。健三全神贯注在岛田的事上,没有考虑妻子在想什么。

"你不那么认为吗？"健三问。

"如果说的是那人和你之间，那是有着鱼和兽一般的区别。"

"当然不是拿别的人来跟我相比。"

话题又回到了岛田身上。

"他是怎么谈起李鸿章的挂轴的？"妻子笑着问道。

"他问我要不要？"

"算了吧！要了，往后说不定他又会提出什么要求来呢。说是送给你，也许只是说说罢了。其实，他肯定是想要你买。"

对夫妻俩来说，比起李鸿章的挂轴来，还有许多别的东西更需要买。女孩子一天一天长大了，不给买件像样的衣服就没法出门，在妻子看来，这种事肯定没有引起丈夫的重视。最近向洋服店定做雨斗篷，每月要从工资中拿出二圆五角支付给店里，连这种事健三也不管。

"关于保持原有关系的事，好像根本没有提到嘛。"

"嗯，什么也没有说。简直像钻进了迷魂阵似的。"

是打开始就为了试探健三，才提出这个离奇的要求来的呢？还是真心实意地委托比田要求商谈之后，遭到比田断然拒绝，知道不行，才没有提出来的呢？健三根本摸不着头脑。

"是哪种打算呢？"

"那是没法弄清楚的。因为是那种人的想法。"

实际上，岛田是两方面都能干得出来的人。

过了三天，岛田又来叩健三的大门。当时，健三在书斋里点上灯，坐在桌前思考问题，刚刚有了一点头绪，正费尽心机顺着这个头绪把问题理出来，他的思路突然被打断了，脸上露出不高兴的神色。他回过头来，见女仆垂着双手，在房门口等着他回话。

"为什么老来打扰人家，别这样不好吗？"

他这么暗自叨咕，却没有勇气断然拒绝与那人见面。他直愣愣地望着女仆，一时没有说话。

"可以让他进来吗？"女仆问。

"嗯。"他不得已应了一声，接着问道，"夫人呢？"

"夫人说有点不舒服，从刚才起就躺下了。"

健三自然联想到妻子一躺下，癔症肯定就会发作。于是他站了起来。

四八

那时候，还不是每户人家都能点上电灯。客厅里还是点着老式的油灯。

那油灯是把油壶嵌在细长的竹台上做成的，像鼓膛一样的平底坐落在铺席上。

健三来到客厅，岛田正把灯拉到自己身边，把灯芯拧上来又拧下去，仔细打量着那盏灯。他没有特意向健三表示问候，而是说："油烟积得太多了吧！"

的确，灯罩都被熏黑了。这盏油灯有个特点：如果圆灯芯剪得不齐，而使劲拧得过高，就会出现这种反常现象。

"换一下吧！"

同样的灯，家里有三盏。健三想叫女仆把起居室的灯拿来对换，可是，岛田不明确表态，眼睛老是盯着很快被油烟熏模糊了的灯罩。

"怎么个调法呢？"他自言自语地说。眼睛从圆灯盖的纹缝里往里瞧。灯盖上的花草花纹没有擦亮。

在健三的记忆里，岛田对这种事特别留神，在这方面的确显得颇为认真。因为他是个爱洁净的人。也许为了弥补伦理上和金钱上生成的不洁净吧，他对客厅里和房檐下的灰尘却很注意，经常撩起衣襟，又擦又扫，光着脚走到院子里去，连不必要的地方都要扫一扫，洒上水。

东西坏了，他一定自己动手修好，或是尝试修理。在这些事情上，不管花多少时间，需要付出多大劳力，他都在所不惜。这不仅是因为他性格如此，还因为他把攒在手里的一分钱硬币，看得比时间和劳力宝贵得多。

"这种事自己干得了，用不着花钱请人。那就吃亏啦！"

吃亏的事对他来说，真比什么都可怕。可是，眼睛看不见的亏，吃了多少，他却不知道。

"当家的为人过于老实。"

阿藤过去曾在健三面前这么评价过自己的丈夫。就连还不懂世事的健三，也清楚地知道这不是真话，只是因为当着她的面，尽管明知是说谎，也只好善意地解释为可能是替丈夫的品质打掩护。可在当时，他对阿藤什么也没有说。现在看来，在她的评价里似乎有些实在的依据。

"说起来，吃了大亏却不在意，这不就是太老实么。"

健三认为老人光考虑满足金钱上的欲望，尽管自己头脑简单，不能如愿以偿，却还在拼命地动脑筋，显得那么可怜。他用那双深陷的眼睛，靠近毛玻璃灯罩边，好像在仔细琢磨似的，使劲盯着那盏昏暗的灯，那样子使健三深表同情。

"他就这么老了！"

这时，健三在领会这句说明岛田一生受尽熬煎的话，联想到自己又将怎样衰老下去。他本不相信神，然而此刻他的心里确实出现了神，而且强烈地感到：如果这个神用神的眼睛来观察他的一生的话，说不定会认为自己与这位欲望很强的老人的一生没有什么不同。

当时，岛田也许把油灯的芯拧得太高了，细长的灯罩里，全是红色的亮光。他吃了一惊，赶紧把灯芯往回拧，可能又拧过头了，屋里本来只有一点灯光，这一来更加昏暗了。

"什么地方乱了套吧！"

健三拍着巴掌，让女仆拿另一盏油灯来。

四九

这天晚上，岛田的态度与上次来时没有任何不同。在谈话中，无论说到哪里，用的全是把健三当作独立的人的口气。

可是，上次所说的挂轴的事，看起来像是全忘了，连李鸿章的李字都未提及。至于恢复关系的事，就更不用说了，连吭一声的意思都不见露出来。

他尽可能说些一般的话。当然要从什么地方找到两人共同感兴趣的事，那是根本办不到的。他说的大部分事情，对健三来说，都是毫无意义的，当然也并不是相隔太远。

健三怠倦了。然而在怠倦中，还贯注着一种警惕性，他预感到这位老人肯定会在某一天拿着某件东西，以比今天更明确的姿态出现在他的面前；而且还可以猜想到：那件东西肯定是自己不感兴趣或是没有什么好处的。

他在怠倦中感到担心，也十分紧张。也许因为这个缘故吧，他觉得岛田注视着自己的那双眼睛起了变化，跟刚才透过毛玻璃灯罩，凝视被油烟熏黑了的油灯里的亮光时根本不同。

"一有空子，他就会钻进来。"

他那双深陷的眼睛，虽说迟钝，但清楚地蕴含着这个意思。对此，健三显然要摆好进行抵抗的架势。但是有时也会出现这种情况：当需要明确地亮出这种架势时，他又想让对方那双带着渴望的眼睛看到自己镇静的姿态。

这时，突然从里间传出声音，像是妻子在呻吟，健三的神经对这种声音要比一般人更敏感。他立即竖起了耳朵。

“谁病了？”岛田问。

“嗯，家里人有些不舒服。”

“是吗，那可不行哟，什么地方不好？”

岛田还没有与妻子见过面，好像连她是什么时候从什么地方嫁过来的，都不知道。因此，他的话只是一般的问候。健三并不想得到那人对妻子的同情。

“近来，气候不好，可得当心啊！”

这时，孩子们已经入睡了，后屋里显得很安静。女仆好像在远处厨房旁边的三铺席小屋里。这种时候，把妻子一个人撇在后屋里，健三心里感到很不放心，他击掌招呼女仆。

“你到后面去，在夫人身边侍候着吧。”

“是。”

女仆显得不知所以然似的，拉上了房间的隔扇门。健三又转过身子来，面对着岛田，不过，他的注意力显然已经离开了老人。他指望老人早点回去，这种愿望，在言谈和举止上都有所表露。

尽管如此，岛田仍不轻易起身。直等到话接不上茬，闲得实在无事可干了，他的屁股才从坐垫上滑下来。

“你们这么忙，实在打搅得太久了。下次再来。”

关于妻子的病，他什么也没有说，在门口换鞋时，他又回过头来对健三说："晚上你一般都有空吗？"

健三含含糊糊地应了一声，站着未动。

"是这样，我还有点事要跟你谈谈。"

健三也没有反问是什么事。他手里拿着灯，老人从昏暗的灯影下抬起头来，用迟钝的眼神望着健三。他那双眼睛发出了令人厌恶的光，说明只要一有空子，老人还要向自己怀里钻过来的。

"好，再见。"

岛田打开了格子门，最后说了这么一句，终于消失在夜霭里。健三的大门口没有点檐灯。

五〇

健三随即来到里间，站在妻子的枕边说：

"怎么啦？"

妻子睁开眼睛望着天花板。健三的目光从被子旁边扫过去，俯视着妻子的眼睛。

油灯放在隔扇的暗处，显得比客厅还要昏暗，几乎看不清妻子的眼睛在望哪里。

"怎么啦？"

健三不得不再问了一声，妻子还是没有答话。

自结婚以来，他已经多次碰到这种现象了。他的神经在适应这种现象的过程中，显得过于敏锐，一碰上这种情况，总是感到不安。他立即在枕边坐了下来。

"你出去也行，这里有我呢！"

闷声不响地坐在被子边的女仆，两眼惺忪地望着健三的表情，听他发了话，才默默地站起来，然后在门槛边双手着席向主人说了声："晚安了！"便随手把隔扇门关上，留下一根穿着红线的针落在铺席上。他皱起眉毛把女仆抖落的针捡起来。若是平常，他会把女仆叫回来，批评几句，再把针还给她。可这时他却默默地拿在手里，想了一阵。最后，他把那根针扎在隔扇上，又转身望着妻子。

妻子的视线已经离开了天花板，但不能明确地分辨出她在看什么。她那乌黑的大眼睛里闪着光，却显得缺乏活力。她把眼睛睁得溜圆，无所用心地转动着。眼神好像不是表达她的思维。

"喂！"

健三摇了摇妻子的肩膀。妻子没有搭腔，只是把头慢慢地转过来，把脸稍微朝向健三，眼神却没有做出知道丈夫就在身边的表示。

"喂，是我，看不出来吗？"

这种时候，他平时惯用的陈旧、简单而又粗暴的语言，总是带有人所不知，只是自己明白的怜悯、痛苦和悲戚。接着他跪下去，显出一副虔诚的样子，好像在祈祷上苍似的。

"求你开开尊口，在下就是我，看看我的脸呀！"

他内心里这么央求妻子，但又不肯把这种请求痛快地说出来。他这个人易受伤感情绪的支配，但不溢于言表。

妻子的目光突然恢复了正常，她像从梦中醒过来的人似的，望着健三。

"是你？"

她的声音轻细而悠长。她面带微笑，当看到健三脸色还是那么紧张时，就不再笑了。

"那人走了吗？"

"嗯。"

两人沉默了片刻。妻子弯了弯脖子，看了看睡在身边的孩子。

"睡得真香啊！"

孩子睡的枕头就摆在妈妈的被子里，睡得很香甜。

健三把自己的右手放在妻子的额头上。

"要不要用冷水放在额头上凉一凉？"

"不用，已经好了。"

"不要紧吗？"

"嗯。"

"真的不要紧？"

"真的。你也该休息了。"

"我还不能睡啊！"

健三又钻进了书斋。在这寂静的夜晚，他不得不独自一人再熬下去。

五一

　　他眼睛睁着，脑子里乱成了一团。他像是一个思路被打断了的人，在障眼的迷雾中苦苦寻找着自己思索的方向。

　　他想到明天早晨，自己带着一副可怜的样子，站在比许多人高一节的地方。面前的青年人，有的抱着满腔热情，望着他那张可怜的脸；有的在认真地记录他那并无专长的讲演，使他感到内疚。尽管这有伤自己的虚荣心和自尊心，却无法摆脱出来，致使内心更加痛苦。

　　"难不成明天的讲稿又写不出来了？"

　　想到这里，他突然自暴自弃起来。思路顺畅的时候，他经常会受到某种鼓舞，确信"自己的头脑并不坏"，可这种自信和自负很快就消失了。与此同时，一种纠缠自己、搅得自己没法开动脑筋的愤懑，却比平时显得更加激烈。末了，他把手里的钢笔往桌上一扔。

　　"我不干了，任它去吧！"

　　已经是深夜一点多钟了。他熄了灯，沿着房檐摸黑走到走廊上，灯光清楚地照着最里间的两扇拉门，健三拉开一扇走了进去。

　　孩子们像小狗似的滚成了一团，妻子静静地闭上眼睛仰面躺在那里。

他留神着不要发出声响，坐到妻子的旁边，稍稍地伸长了脖子，朝下仔细地打量妻子的脸，随后又悄悄地把手蔽着她的睡脸。她闭着嘴。他的手心能感觉到从妻子鼻孔里呼出的轻微的热气，呼吸是那么均匀而平稳。

他终于把伸出的手缩回来。这时，他心里动了动，认为若不叫一声妻子的名字就没法放心。可是，他很快战胜了这个念头。接着，他又想把手搭在妻子的肩上，把她摇醒，但还是忍住了。

"该不要紧吧！"

他终于作出了像对待一般人那样的判断。可是，他对妻子的病变得特别神经过敏，他把这看成通常手续，是任何人在这种情况下都必须履行的。

熟睡是治妻子的病的良药。健三经常长时间守候在她的身边，担心地直盯着她的脸。他每次看到比什么都难得的睡眠静静地降临在她的眼神里时，就感到眼前宛如甘露自天而降一般。可是，如果她睡得太久，总也看不到她的眼珠时，他又会因此而不安起来。到后来，为了看看妻子那双在紧锁的睫毛下的瞳孔，他经常故意把睡得不省人事的妻子摇醒过来。妻子睁开沉重的眼皮，露出一副困相，像在说："让我再睡一会不好吗！"这时，他又后悔了。但是，他如果不做出这种表示关切的动作，弄清妻子还活着的话，他的神经是不会答应的。

过了一会，他换上了睡衣，钻进了自己的被子里。这时，他任从寂静的夜晚来操纵自己那混乱而骚动的头脑。要利用黑夜澄清头脑里的混乱，未免过于昏暗了，可要借肃静止住头脑里的骚动，这又是再好不过的时候了。

第二天早晨，妻子呼唤他的名字，他才睁开眼睛。

"你呀，到时间啦！"

妻子并没有起床，只是伸手从他的枕头底下拿出怀表来看了看。厨房里传来了女仆在切菜板上剁什么东西的声音。

"保姆起来了吗？"

"起来了，是我刚才去把她叫醒的。"

妻子把女仆叫醒之后，又钻进了被窝里。健三连忙爬起来，妻子也一同起了床。

两人对昨晚的事，都像忘光了似的，什么也没有说。

五二

　　两人都没有注意自己的态度，也没有作什么反省，但彼此心里都很清楚两人之间的特殊因果关系，而且充分认识到这种因果关系是其他人无法理解的。不明事态的第三者，是绝不会怀疑他俩有什么巧妙的谋合的。

　　健三没有吭声就往外走，去干他的日常工作。在讲课的时候，他突然想起了妻子的病。妻子那双乌黑的眼睛，不知不觉像梦幻似的浮现在他的眼前。这么一来，他觉得必须从自己站立的讲坛上走下来，赶紧回家去，甚至仿佛眼下就有人从家里来接他似的。他时而站在大房间的角落里，望着正前方最远处的大门口；时而抬起头来，看着像头盔扣在顶上似的圆形高天花板。天花板很讲究，是用涂有清漆的方木分层架设的，使高处看起来显得更高，可是却不足以锁住他那颗小小的心。最后，他的目光落到了坐在自己下方的众多的青年人身上，他们露着一排排黑脑袋，正聚精会神地听他讲课。这些青年人促使他幡然醒悟，知道应该赶紧回到现实中来。

　　健三被妻子的病弄得如此烦恼，相比之下，他并不担心岛田从中作祟。他认为这个老人是不讲情面而又贪得无厌的。另一方面，他又看不起这种人，知道他无力使其怪癖得到充分发挥。可是，同这种人作不必要的商谈，浪费了宝贵的时间，这对健三来说，所经受的烦恼要比某种人多得多。

"他下次来，又该说些什么呢?"

健三料定那人还会给他带来烦恼，心中暗自叫苦，他说这话的目的在于催促妻子作出回答。

"反正你已经弄清楚了。与其老担心这件事，不如早点断了来往更好。"

健三很想接受妻子的意见。可口头上却作了相反的表示。

"对那种人不用那么担心嘛，没有什么了不起的事。"

"谁也没说有什么了不起。可是，这不是够烦人的吗? 连你也拿他没办法呀!"

"世上许多事情，不是光用烦人这个简单的理由，就能了却的。"

健三与妻子的对话，多少含有各执己见的成分。当岛田再次来到的时候，尽管他比平时更忙，还是没法拒绝同岛田见面。

正如妻子所料，岛田要谈的事，还是钱的问题。最近，他已经瞄准好，一有空子就要扑将过来，也许是迫不及待了，所以顾不上考虑时机，终于向健三摊了牌。

"实在有些困难，又没有别的地方可求，你一定要帮我一把。"

老人说话有点蛮横，包含着如不把他的要求当作义务来承担就绝不答应的味道。当然，他还是从维护健三自尊心的角度出发，言词没有激烈到伤害健三神经的程度。

健三从书斋桌上把钱包拿出来。他不掌管一家的财政，钱包自然是很轻的。甚至好几天就那么空空地扔在砚盒旁边，也不足为奇。

他从里面把摸到的仅有的纸币掏出来，放在岛田的面前。岛田露出了奇怪的神色。

"反正没法满足您的要求。尽管如此，还是尽我所有，全部奉上。"

健三把钱包翻开给岛田看。岛田走后，空钱包就那么扔在客厅里，自己又钻进了书斋。给人钱的事，他在妻子面前只字未提。

五三

第二天，健三按平常的时间回到家里，坐在桌前，郑重其事地看着昨天放在老地方的钱包。这个用皮革做的两层大钱包，在他的用品里，可以说属于好得过分的上等品，是从伦敦最繁华的大街上买来的。

如今，他对从外国带来的纪念品越来越不感兴趣了。这个钱包同样被视为无用的废物。他甚至怀疑妻子为什么要留意替他把钱包放回老地方。对那个空空的钱包，他只是投以讥笑的一瞥，连摸也不摸一下，就那么撂在那里好几天。

有一天，不知因为什么，需要用钱，健三拿起桌上的钱包，向妻子的鼻子跟前伸去。

"喂，给我装点钱吧！"

妻子右手拿着尺子，从铺席上抬起头来望着丈夫的脸。

"里面应该还有呀！"

最近，岛田回去之后，她一直没有问过丈夫什么事。因此，夫妻间也就根本没有谈起过老人拿走了钱的事。健三以为妻子不了解情况才这么说的。

"那点钱已经全给人了，钱包里早就空空如也喽！"

妻子不知道健三没有打开过钱包，她把尺子扔在铺席上，把手伸向丈夫说："给我看看。"

健三糊里糊涂地把钱包递给了妻子。妻子打开钱包，里面露出了四五张纸币。

"你瞧！这不是装得有钱么？"她用手指夹着沾有污垢的皱巴巴的纸币，伸到健三的胸前。她的动作像是夸耀自己的胜利，脸上还带着微笑。

"什么时候装进去的。"

"那人走了之后。"

健三与其说对妻子的好心感到高兴，不如说望着妻子感到稀奇。据他所知，妻子很少办这种称心如意的事。

"莫非她对岛田拿走了我的钱，私下里表示同情？"

他心里这样想。可没有开口向妻子询问一下其中的情由。妻子也始终抱着与丈夫同样的态度，无意主动说明情况，免得招惹麻烦。她填补在钱包里的钱，就那么不声不响地被健三接过去，又不声不响地被健三花掉了。

这期间，妻子的肚子一天天地大起来，行动越来越不方便，情绪也变得容易波动。

"这一回，我说不定难以得救喽！"

她经常这样若有所感地说，还流下了眼泪。一般来说，健三是不大搭理的，可是，在这种时候再不强迫自己和妻子搭话，那就太不通情理了。

"为什么？"

"不知为什么，非这么想不可！"

提问和答话到此为止。在这话语里，经常隐藏着一种若明若暗的意思，这种意思只需简单一提，随即就会消失在语言达不到的远方，就像铃声潜入了鼓膜听不见的幽静的世界一样。

她想起了健三那位孕吐致死的嫂子，并以此同自己生长女时因同样的病而痛苦不堪的往昔作了对比。当时自己两三天不能进食，只好采取灌肠滋补法。这紧要关头还是顺利地熬过来了。每当想到这种种情景，就感到自己能活到今天，似乎纯属偶然。

"女人真是太没意思啦！"

"这是女人的义务，有什么办法。"

健三的回答是世间的通识了。他扪心自问，又觉得不过是混账话，不禁暗自苦笑起来。

五四

健三的情绪也是时好时坏。就算信口开河吧，也该说几句让妻子得到宽慰的话呀。可是，他什么也没说。有时，他对妻子难受似的躺着的怪样子，心里十分生气，一直站在枕边，故意冷酷无情地让妻子做不必要的事情。

妻子却赖着不动，大肚子紧贴在铺席上，任你打也好踢也好，就是不理睬。她平素就不大说话，现在更加不言语了，她明知这样会惹丈夫生气，但也置之不顾。

"就是说要固执到底喽！"

健三的心里深深铭刻着这句说明妻子所有特点的话。他必须把其他的事全部抛开，把整个注意力集中在"固执到底"这一观念上来。他宁可把别处弄得一团漆黑，也要尽可能把带有强烈憎恨的亮光投在这四个字上。妻子像鱼或蛇似的，一声不响地经受着这种憎恨。因此，在旁人看来，总认为妻子是个品性温顺的女人；相反，丈夫却是个疯子似的暴躁汉子。

"你要是这么冷酷无情，我的癔症又会发作的哟！"

妻子的眼神不时地表达了这个意思。不知为什么，健三见到这

197

种目光就十分害怕，同时也觉得十分可恨。他竭力克制自己，内心里祈求平安无事，表面上却反而装出一副管不着的样子。妻子清楚地知道丈夫那强硬的态度里，始终存在着近乎假装的弱点。

"反正生孩子的时候会死的，不用管我。"

她叨叨咕咕，好让健三听到。健三真想说：那你就死去吧。

一天夜里，他突然睁开眼睛，看见妻子睁开大眼睛直盯着天花板，手里拿着他从西方带回来的剃头刀。她没有把折在黑檀木刀鞘里的刀刃打直，只是握着那黑把，所以那可怕的刀刃的寒光并没有在他眼前闪亮。尽管如此，他还是为之一惊，连忙从床上撑起上半身，把妻子手里的剃头刀夺过来。

"别干这种蠢事！"

他说着把剃头刀向远处扔去。剃头刀砸在拉门的玻璃上，砸开一个小洞，落在那边墙根下。妻子茫然无知，像正在做梦的人似的，什么也没有说。

她真的激动得要动刀？还是自己的意志受癔症发作支配、实在控制不了才使劲动刀的？莫非这是女人为了战胜丈夫而采取这种策略来吓唬人？如果是吓唬人，那么她的真正用意究竟在哪里？是要丈夫温顺而亲切地对待自己，还是单纯在稍带某种征服欲的驱使下才这样干的呢？健三躺在床上对这件事打了五六个问号，而且不时用他那没法合上的眼睛望着妻子，观察着妻子的动静，他分不清她是睡还是醒，反正身子纹丝不动，如同死人一般。健三头放在枕上，思考着解决问题的对策。

解决这些问题，在他的现实生活中所占的地位，要比在学校上课重要得多。他对待妻子的基本态度，就是需要解决的问题之一。

必须有一个明确的办法。他过去比今天想的简单得多，只是深信妻子那种不可思议的举动是疾病造成的。那时候，妻子的病一发作，他就像在神前忏悔似的，以虔诚的态度跪倒在妻子膝下。他确信这就是作丈夫的人最亲切、最高尚的举动。

"今天能把原因弄清楚就行。"

他充满了这种慈爱的心理。为难的是，这个原因并不像过去想的那么简单。他不得不冥思苦想，终因问题不得解决而头昏脑涨，以致昏昏欲睡。他随即又爬了起来，因为必须赶去上课。昨晚的事，他终于没有机会向妻子说一声。从妻子脸上的表情来看，随着太阳的升起，她也像把这件事忘得一干二净了。

五五

　　碰上这种不愉快的事情，一般总有一种自然的力量，作为仲裁者出现在两人之间，然后两人又会像一般夫妻那样，不知不觉地说起话来。

　　可是，这种自然力量有时只处在旁观者的地位，夫妻俩总是过得不太随和，甚至关系非常紧张。健三经常对妻子说："回你的娘家去吧！"妻子却显出回不回那是自己的自由的样子。她的态度是那么可恨，致使健三把同样的话，毫不客气地反复说了好几遍。

　　"那么，我暂时带着孩子回娘家去。"

　　妻子说了这话之后，曾一度回了娘家。健三以每月给她们送去食品为条件，换来了过去那种愉快的独身书生生活。他和女仆两人住在这比较宽敞的宅子里，眼看着这突然的变化，一点也不感到寂寞。

　　"啊，多么清爽，太舒服啦！"

　　他在八铺席的客厅正中央，摆上一张小炕桌，从早到晚在上面作笔记。正好是酷暑季节，身体虚弱的他，经常身子向后一仰，就躺倒在铺席上。不知这陈旧的铺席是什么时候更换的，颜色已经发黄，陈腐的气味散发在他的背上，透入他的心间。

他是忍着暑天的煎熬，用细小的字体做笔记的。原稿字体之小，只能用苍蝇头来形容，他想尽可能多写一些。当时，在他来说，这样做比什么都要愉快，也比什么都要痛苦。当然，这也是不容推辞的。

女仆是巢鸭的一个花匠的女儿，她从家里给他拿来了两三钵盆景，放在起居室的旁边。每当他吃饭的时候，女仆一边侍候他，一边给他讲另外一些事，显得非常亲切，使他感到高兴。但他看不起女仆家的盆景。这种便宜货，无论在哪个庙会上，花两三角钱，就能连钵一起买来。

他把妻子的事任意撂在一边，只顾做笔记，从不想起到妻子娘家去一趟，对妻子的病也全不放在心上。

"虽说有病，反正有父母在身边嘛。如果不行，总会来说一声的。"

他心里比夫妻俩在一起要踏实得多。

他不仅不去会妻子的亲友，而且也不去见自己的哥哥和姐姐。正好，他们也不来。他独自一人，白天一个劲地学习，夜里凉快，就去散散步。然后钻进带补丁的蓝色蚊帐里，进入梦乡。

过了一个多月，妻子突然来了。当时，夕阳西下，夜幕降临，他正在那不太大的院子里踱步。他一走到书斋的房檐前，妻子突然从半腐朽的柴扉后边探出身子来。

"告诉你，还得让我回来。"

健三发觉妻子穿的木屐，外面破得变了形，后跟也磨损得很不像样，甚为可怜，随即从钱包里拿出三张一圆的纸币，交到了妻子的手里。

"实在难看，用这点钱买双新的好不好？"

妻子回去之后，又过了几天，岳母才来看望健三。她要说的事和妻子向健三提出过的大同小异，只是两人坐在铺席上，又把要求领娘女回来的意见细说了一遍。既然妻子想回来，如果予以拒绝，那就太无情了。他二话没说就答应了，妻子带着孩子又回到了驹込。可是，她的态度跟回娘家之前没有丝毫改变。健三心里觉得像被岳母骗了似的。

他把夏天里发生的这件事，独自反复地回忆过。每次想起来，心里就不痛快。他甚至在想：这种日子要持续到哪一天啊！

五六

与此同时，岛田却从不忘记经常到健三家里来露露面。既然一度抓到了经济利益的线索，如果就此罢手，岂不可惜。岛田的这种念头弄得健三不胜其烦。健三经常不得不到书斋去把那个钱包拿到老人的面前来。

"真是个好钱包！可不是吗，外国的东西就是有些不一样。"

岛田手里拿着两层的大钱包，像很羡慕似的，把里里外外翻过来掉过去，看了又看。

"恕我冒昧，这东西在那边买要多少钱？"

"记得是十先令，如果是日本钱，大概是五圆左右吧。"

"五圆？五圆可是好价钱。据我所知，在浅草的黑船街，有一家制作皮包的老店，如果在那里做，就要便宜得多。往后如有需要，我可以让那家给你做。"

健三的钱包经常不得充实，还有全空的时候。可在这种时候，他只能无可奈何地陪着说话，一直没法站起身来。岛田总要找点什么事说说，好赖着不走。

"不给点零用钱是不会走的，这讨厌的家伙！"

健三心里很生气。可是，无论怎么难办，他也从不会为给老人钱而特意向妻子要。妻子却把这当作小事一桩，并不显得厌烦。

如此几经往返之后，岛田的态度渐渐地变得明朗了，居然毫不在乎地提出要给他凑那么二三十圆钱。

"请帮个忙。我已这般年纪，没有养老的儿子，往后全靠你了。"

他甚至不顾及自己话语里带有蛮横口气。尽管如此，健三也只是暗地里生气，表面上没有吭声。岛田那双深陷的迟钝的眼睛狡黠地转动着，看健三作何表示。

"你的日子过得这么好，怎么会拿不出一二十圆钱来呢。"

他连这种话都能说得出口。他走了之后，健三带着厌烦的表情对妻子说："他是想把我一点一点地吃掉啊！起初还打个招呼，说这就要开始进攻了，这回可好，老远地包围着，慢慢地向我逼将过来。这家伙实在太讨厌！"

健三只要一生气，就爱用"实在"啦，"最"啦，"特别"啦这一类最高的字眼来发泄心中的愤恨。在这点上，妻子的态度与其说顽固自恃，不如说沉着得多。

"你上了当，才落得这般烦恼的。如果当初就留神别让他靠近，不就好了吗！"

健三几乎想说："这种情况一开始，我就心里有数"，可是他没有说出来，只把气愤表露在脸颊和嘴唇上。

"如果想断绝来往，什么时候都能办到。"

"可是，以往的交情不是全毁了么。"

"这事同你毫无关系，对你来说，确实如此，可我和你不一样啊。"

妻子不太理解健三这句话的意思。

"反正在你的眼里，我这种人只是个大笨蛋。"

健三甚至懒得去纠正妻子的误解。

两人之间的感情产生龃龉时，连最简单的几句话都不想交谈。他望着岛田的背影消失之后，随即又默默地钻进了书斋。他在书斋里既不看书，也不动笔，就那么呆呆地坐着。对这个好像与家庭脱离了关系的孤独人，妻子并不关心。她认为丈夫既然自愿钻在禁闭室里，那有什么办法。所以根本没有去理睬他。

五七

　　健三的心就像揉在一起的纸屑，乱成了一团。有时，他那股火气如不借机发泄，就会憋得难受。孩子央求母亲给买的盆花，摆在檐廊边上，他有时无意地把它踢掉，直到那发红的瓦盆顺着他的心意咣啷咣啷地摔碎了，这才聊以自慰。可是，当看到那遭到无情摧残的花和茎，露出了可怜的样子，一种虚无的感情马上又会战胜他。年幼无知的孩子，心里喜爱的美丽的欣赏品，遭到了无情的破坏，作为父亲，是不该这样的。他醒悟时，心里更加难过了。他后悔，却又没有勇气在孩子面前袒露自己的错误。

　　"责任不在我。让我干这种疯事的究竟是谁呢？是那个可恶的家伙。"他心灵深处经常暗暗地这么替自己辩解。

　　他的情绪经常像波浪一样时起时伏，平心静气地说说话，对稳定他这种情绪是有必要的。可他回避旁人，话语很难送到他的耳朵里。他觉得自己像是孤独一人，是用自己的热在温暖自己的心。有时，保险公司的宣传员之类的人会来登门拜访，他看到那没有必要的名片时，就会把只是传递名片、并无罪过的女仆大声斥责一顿。那声音当然会清楚地传到站在大门口的宣传员的耳朵里。事过之后，他又对自己的态度感到羞愧，至少恨自己对一般人未能做到好意相待。与此同时，他又会用踢掉孩子的盆花时一样的理由，暗中在心里名正言顺似的替自己辩解。

"不是我不好。我并不坏。这点，即使来人不理解，我自己也很清楚。"

他没有信仰，怎么也不会说出"老天爷很清楚"的话来，即使是那么说过，他也不会感到怎么幸运的。他的道德观念总是从自己开始，又在自己身上结束。

他经常考虑钱财的事。有时甚至怀疑自己以往为什么不以物质财富为目标而去奔波？

"就说自己吧，如果专门朝那方面使劲的话……"他心里也曾有过这种自负。

他对自己生活的不富裕，感到束手无策。自己的亲人比自己更拮据，受的苦更多，他深表同情。甚至看到岛田为了满足最低的欲望、从早到晚忙个不停的样子，也觉得可怜。

"大家都需要钱。除了钱以外，别的什么都不要。"他想到这里，真不知自己以往都干了些什么。

他原本就是个不会赚钱的人，即使能赚钱，也对为此花费时间感到可惜。他刚一毕业，就拒绝了所有其他工作，唯一满足于从一所学校得到四十圆。这四十圆被父亲拿去一半，余下的二十圆，他用来租用了古庙的一间客厅，尽吃山芋和炸豆腐。在这期间，他并没有做出什么成绩来。

当时的他和如今的他，在许多方面已大不相同。可是，经济上的不宽裕和始终一事无成，似乎无论何时都难以改变。

是当富翁？还是做伟人？他想两者择一作为自己下半辈子的归宿。可是，从今天起再想发财，对于不通此道的他来说，已经晚了。想做伟人吧，也有许多麻烦事妨碍着他。当然，如果认真分析一下这些麻烦事的原因，主要还在于没有钱。他不知如何是好，经常焦急不安。在他看来，要做一个不受金钱力量支配的真正的伟人，还有相当大的差距。

五八

　　健三从外国回来，就感到需要钱。虽说已在久别的出生地东京重新安家落户，可当时他身无分文。

　　他当初离开日本时，将妻子托付给了岳父。岳父把自己宅子里的一栋小屋腾出来作娘女的住处。这栋小屋是妻子的祖父母生前居住的，虽说小一些，但并不那么简陋，隔扇上贴着各种字画，像南湖①的画，鹏斋②的字，一看这些纪念品，就令人想起故人的兴趣来。这些东西全都原样未动地贴在那里。

　　岳父是个官吏。虽说不是过特别阔气日子的官职，但健三不在期间，托付给他的女儿和外孙，倒不至于穷得受苦，而且政府还按月发给健三妻子若干生活费。健三留下自己的家属，没有什么不放心的。

　　他在外国期间，内阁有了变化。这时，岳父从较为安逸的闲职中被拉出来，就任某一忙碌的职务。不幸的是，这届新内阁不久就倒台了。岳父也被卷进这个旋涡，一起垮台了。

　　健三在遥远的地方听到了这一变化，以充满同情的目光，遥望着故乡的天空。可是，对于岳父的经济状况，他认为无须担心。所以他心中几乎没有烦恼。他处事随便，就在回国之后，也对此未加注意，也未察觉。他觉得妻子每月单用所得的二十圆，为两个孩子雇用保姆，日子会过得很好。

"不管怎么说，总不用付房租吧。"

他毫不在意地这么想，一看实际情况，不由得目瞪口呆了。丈夫不在期间，妻子日常穿的换洗衣服都破旧了，事出无奈，最后只好把健三留下的普通衣料的男装改成女服。被子露出了棉絮，其他卧具也破绽了。尽管如此，父亲只能袖手旁观，没法相助。他自己失去地位后，做的是投机买卖，把为数不多的存款全都赔光了。

健三身穿没法转动脖子的高领服从外国归来，面对处在悲惨境况中的妻子，也只能沉默不语。他洋气十足，眼前的境况对他是一种讽刺，也是沉重的打击，使他连苦笑都不敢露到嘴边来。

不久，他的行李到了，装的全是书籍，连一只戒指也没有给妻子买。这老人住过的屋子十分狭窄，他连箱子盖也没法打开。他开始寻找新的住宅，同时必须设法筹款。

他唯一的办法就是辞去曾经担任过的职务，这样他可以领到一笔退职金，借以应急。因为根据规定：只要工作一年，退职时就可以领到月薪的一半。尽管所得的钱并不多，可是，他总算可以用这点钱，把日常生活必需的家具添置齐了。

他怀里揣着那点钱，和一位老朋友一起到各处的旧家具店去转了一圈。那位朋友有个毛病，不分东西好坏，总是一个劲地讨价还

① 春木南湖(1759—1838)，又号吞墨翁，名画家。
② 龟田鹏斋(1752—1826)，善书法。

价，因此光走路就花了他不少时间。茶盘、烟盘、火盆、大碗，看得上眼的东西很多，可是能买得起的东西却很少。那位朋友下命令似的对店主说："你要让让价呀！"如果店主不答应他出的价，他会把健三留在店门前，自己拔腿就往前走。健三又只好追了上去。有时走得慢了些，他就会从远处大声招呼健三。他是个很热情的人，又是个暴性子，不管是给自己买东西，还是给别人买东西，都是那个样。

五九

除了日用家具之外，健三还得新做书柜和书桌。他站在承做西式家具的店铺前，同不停地拨动着算盘的店主在商谈。

他做的书柜既没有安玻璃，也没有装后板，虽说会积灰尘，但囊中无几，只好不去管它。因为木料没有干透，沉重的原版书往上一压，横板就会缩得翘起来。

即使做的尽是这种粗糙的家具，他还是花费了不少时间。特意辞职得来的钱不知不觉就花掉了。他处事随便，以不可思议似的目光环顾着毫无特色的新居，连想起自己在外国时，因为需要衣服，被迫去向住在一起的某人借钱的事。他不知这钱如今该怎样偿还？

正好这时，那人来信讨债，说如果情况允许，希望能把钱还给他。健三坐在新做的高桌子跟前，面对着那封信沉默了一会。虽说分别不久，但他对那个曾在遥远的国家里共同生活过的人的印象，却是那样的淡薄而又清新。那人和他是同一所学校，毕业的年限也大致相同，可是，当时那人是作为堂堂的一名官员，奉命前去调查某一重要事项的，他的财力与健三的助学金相比，显然有着极大的差别。

那人除卧室外，还租用了会客室。到了晚上，他身穿漂亮的绣缎睡衣，暖暖和和地在炉前阅读书报。被硬塞在狭小的北屋里的健三，对那人的境况，暗中羡慕不已。

当时，健三还有一段节省午餐的可怜经历。他有时外出，回家途中顺便买上一个夹肉面包，一边吃一边在宽阔的公园里漫无目的地踱步。他用一只手撑着雨伞，遮挡斜飘过来的雨丝；另一只手拿着夹肉面包，啃了一口又一口，显得苦不堪言。他几次想在那里的长凳上坐下来，可又有些犹豫。因为长凳全被雨淋湿了。

有时到了中午，他打开从街上买来的饼干盒，既不喝开水，也不喝凉水，就那么咯吱咯吱地把又硬又脆的饼干咬碎，就着口水硬往下咽。

有时他还会在简陋的小饭铺里，同车夫和工人一起，随便吃上一顿。那里的椅子，靠背像屏风似的直立着，不像通常的食堂那样，一眼能看到整个的大房间。唯独与自己坐成一排的人的脸，随意都能看得见。那全是一张张不知什么时候上过澡堂的脸。

在同住一起的那人的眼里，健三过的生活显得是那样的可怜，所以那人经常邀健三去吃午餐，领健三上澡堂，请他一起喝茶。健三向那人借钱，就在那人如此真诚相待的时候。当时，那人像扔废纸似的，随手把两张五英镑的银行券丢在健三的手里，根本没有说什么时候还。健三倒是想过回日本之后再说。

健三回国后，一直惦记着这银行券的事。可是，在收到讨债信之前，他却没有想到那人会如此着急催还这笔钱。健三别无他法，只好去找一位老朋友。他知道这位朋友并非大财主，但心里也清楚朋友比自己多少能想点办法。朋友果然答应他的要求，把所需的钱如数送到了他的面前。他随即把钱还给了在外国周济过他的人，并与新借钱给他的朋友约好，按每月十圆分期偿还。

六○

　　健三在这种境况下，总算在东京安下了身。他发觉自己在物质生活方面显得多么贫困。尽管如此，当他不断感到在离开金钱的其他方面，自己又是一个优胜者的时候，又是多么幸福。这种自我感觉最后还是在金钱问题上受到了种种干扰，这时他才开始反省，想起了平素毫不在意地穿着印有家徽的黑棉布衣服外出，就说明自己无能。

　　"我已这般光景，还有人来死缠着我，太无情啦！"他认为岛田就是品质最恶劣的代表。

　　无论从哪个角度来看，如今自己所占的社会地位要比岛田优越，这是明摆着的事实；岛田丝毫不影响他的虚荣心，也是明摆着的事实。岛田过去光叫他的名字，不带尊称，如今对他都很恭敬，但他并不满足于此，只是岛田把他当作零花钱的财源，健三却认为自己还是个穷人，在这点上，倒是最令人生气的。

　　为了慎重起见，他去听取了姐姐的看法。

　　"那人究竟困难到了什么程度呢？"

　　"是啊。从他经常来要钱的情况来看，兴许是很困难。可是，就说健弟吧，如果尽往外给的话，那可是个无底洞，你再能挣钱也填不满。"

"您认为我那么能挣钱吗？"

"比起我那一口子来，你不是要多少就能挣多少吗？"

姐姐把自家的生活当成了标准。她还是那么健谈，于是又谈起比田的事来了，说他从来没有把每月领到的钱实打实地拿回来过；薪俸少，交际费反而花得多；因为夜间值班多，光盒饭花的钱就为数不少；每月的亏空，好歹还可以用年中和年底的奖金补上。她把如此这般的事都详详细细地告诉了健三。

"就说奖金吧，也不是全都交到了我的手里。再说，这些日子，我们两个都像退休老人似的，按月把饭费交给彦儿，让他供我们的饭，按理说日子应该过得轻松些吧。"

姐姐老两口，和养子同住在一所房子里，经济上却是分开的，各做各的饼，各买各的糖。如果要请客，肯定也是各掏各的腰包。健三以不可设想的目光，看待这近乎极端个人主义的一家的经济状况。当然，就连既不懂主义、又不明事理的姐姐，也认为这种现象不太自然。

"至于健弟嘛，因为不需这么做，当然再好不过了。而且你有本事，只要去干事，要多少钱就能挣多少钱。"

如果你一声不响地听她说下去，她会把岛田的事抛诸脑后的。好在她终于提到了岛田："这样吧，如果嫌麻烦，你就说等什么时候时来运转了再给吧，把他打发走算啦！如果再讨厌，那就躲开他，有什么要紧呢。"

在健三听来，这种提醒，才像姐姐说的话。

姐姐的话不得要领，健三又抓住比田，提出了同样的问题，比田光说"不要紧"。

"不管怎么说，他跟过去一样，还有地皮和房租，按理说是不至于那么困难的。何况阿藤的生活还有阿缝按月寄钱去。他来，肯定会见机而行的，别管他。"

比田还是唱那一套轻巧的老调子，而且同样要健三也见机行事。

六一

最后，健三只好问妻子："岛田今天的实际境况，究竟怎样呢？我问过姐姐，也问过姐夫，都弄不清他的真实情况。"

妻子有气无力地仰望着丈夫的脸，她难受似的双手抱着即将临产的大肚子，披头散发，枕着一只船底形红漆枕箱。

"如果那么惦着这件事，那就自己直接调查一下，岂不更好。这样就会很快弄清楚。就说你姐姐吧，她如今不与那人打交道了，不了解真实情况是完全可能的。"

"我没有那种闲工夫。"

"那就先不管它。以往不就是这么过来的吗。"

妻子的答话带有责怪健三没有男子汉气概的语气。她生性不愿把心事和盘托出，即使是对自己娘家和丈夫之间那种不愉快的事，也很少争辩，至于与己无关的岛田的事，她平日都佯装不知，听之任之。丈夫神经质的影子，映在她的心镜里，总是显得缺乏胆量而又性格乖僻。

"不管它？"

健三反问了一句。妻子没有马上搭腔。

"过去不就是没有管吗！"

妻子没有往下说。健三不高兴地站起来，钻进了书斋。

不光是岛田的事，在其他方面，两人之间也经常是这样说不上几句话。当然，由于前因后果不同，有时也会出现相反的情况——

"听说阿缝得了脊髓病。"健三说。

"若是脊髓病，也许就难办喽！"

"听说根本没有挽救的希望了，岛田为此很担心。阿缝一死，柴野和阿藤的关系也就断了，以往按月寄钱，兴许以后不会再寄了。"

"真可怜呀，现在就得什么脊髓病，还年轻吧？"

"不是告诉过你，她比我大一岁吗。"

"有孩子吗？"

"好像孩子不少，究竟多少？没有详细问过。"

年龄不到四十岁的女人，留下一大帮未成年的孩子就要离开人间，那是怎么样的心情，妻子在脑子里作一番设想。她对自己即将分娩的后果，也重新作了考虑。她对男人们那副眼看着妻子的沉甸甸的肚子却显得不那么担心的神气，觉得太无情了，可心里却又很羡慕。对此，健三全然没有注意。

"岛田那么担心，毕竟是平时做得不对。看来人家好像在讨厌他。可岛田反而说：'柴野那个人爱喝酒，动不动就跟人吵架，往后不会有出息的。'你有什么办法，何况问题不在这里，主要在于岛田太令人讨厌。"

"即使不讨厌岛田，那么多孩子，也没法办呀。"

"可不是，因为是军人，也许跟我一样穷。"

"那么，岛田怎么会跟阿藤……"妻子犹豫了一下。健三不解其意。妻子又接着说：“怎么会跟阿藤好起来的呢？”

阿藤还是年轻寡妇的时候，不知因为什么事，硬要到管理所去。当时岛田心想，一个女人家到那种场所去多么不便，对她表示同情，于是在多方面亲切地照顾她。两人之间的关系，就这样开始建立起来了。这是健三小时候不知听谁说的。如果把这事叫作恋爱，对岛田是否合适？他至今仍弄不清楚。

“肯定还是贪得无厌帮了忙。”

妻子没有说什么。

六二

　　阿缝遭受不治之症折磨的消息，使健三的心肠软了下来。他和阿缝多年不见，其实，即使过去常见面，他们也几乎没有亲切地交谈过。就座也好，离席也罢，一般也只是相互点点头而已。如果能把"交际"二字用来说明这种关系的话，那么，两人的交际是极为淡薄而肤浅的。健三对她既没有留下强烈的好印象，也没有掺杂任何不愉快的回忆。就从——她使他这颗开始僵化的心中升腾起慈爱之意，以及她让他由一个含糊散漫的人缩影成较为明晰事理的代表性人物——这两点来说，在如今的健三看来，她比之于岛田和阿常，显然要珍贵得多。他就这样，睁着同情的双眼，从远处眺望着这个将死之人。

　　与此同时，他心里在考虑一种利害关系。阿缝说不定什么时候会死，狡猾的岛田肯定会以此为借口再来央求他。他清楚地预感到了这一点，打算尽可能躲开，只是不知到时采取什么策略才能躲得开。

　　"除非与他争吵一场，直到关系破裂，再没有别的办法。"

　　他这么下了决心，袖手以待岛田的到来。可没有想到岛田到来之前，他的敌人阿常却突如其来。

他照例待在书斋里，妻子来到他面前说："那个叫波多野的老太婆终于来了。"他听了此话，与其说吃惊，不如说显得为难。在妻子看来，他那副样子就像磨磨蹭蹭的胆小鬼似的。

"见不见？"见就见，不见就不见，妻子这话在于敦促他赶紧决定下来。

"见，让她进来！"

岛田来时，他也是这么答复的。妻子艰难地站起来，走到后边去了。

健三来到客厅里，见一个衣着粗俗的矮胖老太婆坐在那里，那质朴的风采，同他心里想象的阿常完全不一样，比见着岛田时更使他吃惊。

她的态度，与岛田相比，也正好相反。那样子简直像来到了与自己身份有着明显差别的人面前似的，致意问好时，恭恭敬敬地低下了头，说起话来也显得很殷勤。

健三想起了小时候经常听她说起娘家的事。据她所说：娘家盖在乡下的那所住宅和庭院，是尽善尽美的豪华建筑，最大特色是地板下流水纵横，这是她经常要反复强调的重点。健三的耳朵至今还留着她说的"南天之柱"①这个词。可是，年幼的健三根本不知道那宏伟的住宅在哪个乡下，也不记得带他到那里去过。就健三所知，连她自己也没有回过她出生的那个宽敞的家。等健三那双持批判态度的眼睛渐渐长大了，能模模糊糊地看穿她的性格时，就想到这无

---

① 南天是一种树木，也是较名贵的建筑材料，常用来形容豪华的建筑物。

非是出于她的空想而照例在吹牛。

　　健三把以往一心只想让人看着自己富有、高尚而又善良的她，与眼前恭恭敬敬坐在跟前的这位老太婆作了比较，看起来，时光流逝带来的变化多么不可思议！

　　老早以来，阿常就是个肥胖的女人，如今，看上去她还是那么肥胖，甚至令人怀疑她的某些部位现在反而显得更胖了。不仅如此，她全变了。无论从哪个角度看去，都会认为她是个乡下老太婆。说得夸张一点，她像一个背着装有炒面粉的背篓，从附近的乡下进城来的老太婆。

六三

"啊！变了。"

两人照面的那一瞬间，双方都有此同感。然而，特意前来的阿常，事先对这种变化有充分的估计和准备；相反，健三却几乎没有料到。因此，主人要比客人感到意外。但健三并没有露出吃惊的样子，这是他的性格造成的。只是对阿常利用技巧扮演出的戏剧性动作感到有些害怕。事到如今，还要逼着他重新观赏她做戏，对他来说，真是不堪忍受的痛苦。他将尽可能防范着她露出这一手。这是为了她，也是为了自己。

他听她把以往的经历大致说了一遍。听起来，在以往的日子里，似乎同样经历了人所难免的不幸。与岛田离婚之后，嫁给了波多野，两人之间也没有生孩子，于是决定从某地领个女孩来抚养。养女招女婿时，波多野已经死了多年？还是活着？阿常没有说。

女婿的买卖是开酒店，店铺设在东京最繁华的地方，虽不知买卖有多大，但阿常嘴里好歹没有流露出难啦、穷啦之类的叫苦话来。

后来女婿出征阵亡，光女人没法维持那摊买卖，母女俩只好把店铺关闭，全伙住在近郊的一个亲戚，把家搬到了非常偏僻的地方。在养女没有改嫁之前，在那里的生活，全靠政府每年发给阵亡女婿的遗属抚恤金来维持……

阿常讲的故事与健三估计的相反，显得很平静。虚张声势的身段，蛊惑人心的用语，引人入听的唱腔，都不是那么多。即便如此，他发觉自己与这位老太婆之间，根本没有共同的思想感情。

"哦，是吗，那可实在是……"

健三的答话很简单，即使作为一般的答话也嫌太短。可他光这么说了说，并不感到有什么不近情理。

"昔日的成见，如今还在作祟。"他这么想，可心里并非真正好受。他虽说生性不爱哭，但有时也会希望那些真正会哭的人可以来到自己跟前或者自己可以遇到哭得出的场合，这就是他性格造成的想法。"我的眼睛也是可以随时流出眼泪来的啊！"

他一直看着那个坐在坐垫上的矮胖老太婆的神态，认为她眼眶里藏不住眼泪的性格实在可悲。

他从钱包里拿出五圆纸币来，放在她面前。

"真对不起，请您雇辆车回家吧。"

她说并非为此而来，推辞了一番，随后收了下来。遗憾的是，在健三的赠礼里，只有淡薄的同情，却不怀明显的诚意。从她的表情来看，她似乎清楚地知道这一点。因为人和人的心，既然已在不知不觉中离散，也就无法挽回了，所以只好死了这条心。他站在大门口，目送着阿常往回走的背影。

"如果那可怜的老太婆是个好人，我也会哭的啊！即使哭不出来，我也尽可能使她心满意足的呀！再说，就是把往日抚养过自己、如今冷落飘零的亲人接回家来养老送终，也是办得到的嘛！"

健三默默地在想。可是这种心事，谁都不知道。

六四

"老太婆终于也来了，过去光是老头，现在倒好，成了老头和老太婆两个人啦。我说，往后你就等着他们俩来折腾你吧！"

妻子说话很少这么起哄。这种既非说笑，也非讥讽的态度，刺激着浮想联翩的健三的心。健三满不高兴，一声不吭。

"又说到那件事了吧？"妻子用同样的口吻问健三。

"哪件事？"

"你小时候尿了床，使那老太婆作难的事呀！"

健三哭笑不得。

其实，他心里起了疑团：阿常为什么没有谈起这件事？健三一听说是她来了，马上就想到她那张能说会道的嘴。因为阿常的确是个喋喋不休的女人，特别在维护自己方面有高妙的一手。健三的生父容易受她花言巧语的骗，对明摆着的奉承话也欣喜若狂，经常念念不忘夸奖她。

"真是难得的女人呀。首先，她善于持家。"

每当岛田家里掀起风波时，她就把所有的话全掏给生父听，而且还流下悲伤和悔恨的眼泪。生父深深地被感动了，马上就站在她的一边。

　　姐姐也会说奉承话，健三的生父也很喜欢姐姐这一点。每次姐姐来要钱，父亲总是一边说"我也有难处呀"之类的话，一边无意中把姐姐所需要的钱从文契箱里取出来给了她。

　　"比田是那么个家伙，可阿夏却招人喜爱。"姐姐回去之后，父亲总像辩解似的对旁边人这么说。

　　姐姐的嘴尽管能如此自如地笼络父亲，但与阿常相比，又要逊色得多；在装模作样这一点上，也是望尘莫及。的确，阿常那张嘴就是那么厉害，以致使健三在十六七岁的时候就怀疑过：在与她接触过的人当中，除了自己以外，能识破她这种性格的人，究竟有几个？

　　健三同她见面时，感到最难对付的，就是她那张嘴。

　　"是我把你带大的呀！"

　　这句话可以来回说两三个小时，无非是要他重新记起儿时的恩情，可健三一想起这话就感到害怕。

　　"岛田才是你的敌人呢！"

　　她总是把自己头脑里的这个旧看法，像放电影似的加以夸大之后，再显现在健三面前。这一点，健三也感到胆怯。

　　她无论说什么，都要掉几滴眼泪。健三看到那种装模作样的眼泪，心里就感到别扭。她说话不像姐姐那样放开大嗓门，但必要的时候，也会大得使人听了刺耳。在圆朝①讲的人情故事里就有这种女人：她一边把长火筷子使劲往灰里插，一边倾诉自己上当受骗后的

---

① 指三游亭圆朝(1838—1900)，著名的滑稽故事家。

怨恨，使听者感到很为难。阿常的态度跟那种女人大致相同，口气也是一个样。

尽管阿常目前的情况出乎他的预料，但他并不认为这是值得庆幸的事，反而感到不可思议。因为阿常过去的性格，像牢不可破的监狱一样，在他头脑的某个部位上深刻着明显的印迹。

"不是快三十年的老事了么，就对方来说，事到如今，也会有所顾虑的，何况一般人早就把往事忘啦！再说人的性格吧，在这么长的时间里，也会慢慢起变化的。"妻子这么向他作了解释。

即使把顾虑、忘却、性格的变化等，摆在面前进行分析，健三还是摸不着边际。

"她不是那么爽快的女人。"他认为如果不这么解释，就实在没法接受。

六五

妻子不了解阿常，所以反而笑丈夫太固执。

"你是这种脾气，有什么办法。"

平素在妻子的眼里，健三在某些方面的确如此。特别在与她娘家的关系上，她认为丈夫的这个坏脾气表露得特别明显。

"不是我固执，而是那女人太固执。你和她没有打过交道，不知道我说的是否正确，所以才说这种反话的。"

"可是，你想象中的女人，现在以完全不同的姿态出现在你的面前，那么，你也应该改变过去的看法呀。"

"如果真是变成了另一个人，我随时都可以改变看法。可是事实并非如此，所不同的只是外表，肚子里还是老样子。"

"你怎么知道？又没有什么新的证明材料。"

"你不知道，我可知道得清清楚楚。"

"你呀，也太武断啦。"

"只要说得对，即使武断，也不碍事。"

"可是，如果说得不对，就会招一些人来找麻烦。那老太婆与我无关，我倒是可以不管。"

健三没有弄清妻子这句话的意思。妻子也没有再往下说，因为她心里在替自己的父母兄弟辩护，不想与丈夫公开争论下去。她不是那种富有理智的人。

"真麻烦！"

只要探讨稍许复杂一点的道理，她肯定会用这句话来对待面临的问题。但在问题没有得到解决以前，出现了麻烦事，她又会一直强忍着。当然，强忍对她并不是好受的，健三认为那只能使她心情更不痛快。

"真固执。"

"真固执。"

两人之间彼此用同样的语言，相互进行指责，各自心里存在的疙瘩，从彼此的态度上也看得清清楚楚。而且彼此也不得不承认这种指责是有道理的。

执拗的健三一直不到岳父家去。妻子呢，既不问为什么，也不催他偶尔去一趟，光是默不作声，心里重复那句老话："真麻烦！"态度一点也不改变。

"这就够了。"

"我也够了。"

这同样的话又在双方的心里经常重复出现。

尽管如此，两人之间那种橡皮筋似的弹性关系，有的时候，有的日子，又会显出一些伸缩性来。当关系紧张到说不定什么时候就会绷断时，又会慢慢地自然复原。等到良好的精神状态延续几天之后，妻子的嘴里又会吐出热乎乎的话来。

"这是谁的孩子？"

妻子握着健三的手，放在她的肚子上，这么问他。那时，妻子的肚子还没有现在这么大。可她已经感觉到自己的肚子里有生命的脉搏在跳动。所以她想让有同情心的丈夫的手指，感触到这种轻微的蠕动。

"吵架总归是双方都不对。"

她还会说这种话。顽固的健三并不认为自己有什么不对，只是微微一笑了之。

"分开两地，再亲也是淡如水；相反，同住一处，仇敌也能亲如一家人。这就是世道。"

健三像悟出了高深的哲理，还在继续琢磨。

六六

　　除了阿常和岛田的事以外，健三不时还会听到哥哥和姐姐的
消息。

　　哥哥每年一到气候变冷，身体肯定要出毛病。入秋以来，他又
感冒了，约有一个星期没有到局里去，后来拖着有病的身子去上班，
结果连续几天高烧不退，弄得痛苦不堪。

　　"还是因为太勉强啦！"健三对妻子说。

　　是勉强坚持着保住饭碗？还是为养病而提前免职？哥哥只能两
者择一。

　　"据说很像肋膜炎。"健三又说。

　　哥哥显得很担心。他怕死，对于消灭肉体，他思想上比任何人
都更加害怕。可是，这样反而会使他的肉体比任何人消瘦得更快。

　　"难道就不能安安静静地再休息休息，至少等退了烧也好呀。"

　　"想是那么想，就是办不到。最后还是没有办到嘛！"

　　健三有时也考虑到哥哥死后，自己只能在生活方面照看他的遗
属的事。他知道这太无情，但客观上只容许他这么做。与此同时，
他无法从这种想法中摆脱出来，自己也感到很痛苦。他尝到了苦涩

的滋味。

"不能死啊!"

"可不是吗。"

妻子没有多说。她穷于对付自己的大肚子。与娘家沾亲的接生婆,经常打老远坐车前来。健三却根本不知道接生婆为什么而来?又是干了什么才走的?

"揉了揉肚子?"

"嗯,是的。"妻子没有给他满意的答复。

其间,哥哥的烧突然退了。

"说是求菩萨保佑的。"妻子特别迷信,像念咒、祈祷、算卦、拜佛等,她都很爱好。

"是你出的主意吧?"

"不是,我才不懂哩!那是一种高妙的祈祷方法,说是用一把剃头刀放在他头上。"

健三根本不认为靠剃头刀就能治好经久不愈的高烧。

"因为心情不好才发烧的,心里痛快了,很快就会退烧的。即使不用剃头刀,用勺子、锅盖全都一个样。"

"可是,吃了多少医生开的药都不见好呀。所以,我劝他不妨试试看。他终于试了,反正花不了太多的香纸钱。"

健三暗自认为哥哥是个糊涂虫,但对他烧未退却服不起药的难言之隐深表同情。因此,靠剃头刀也好,什么也好,只要退了烧,就算走运。

哥哥刚好,姐姐又开始受气喘病的折磨了。

"又来啦?"健三下意识地说,随即想起了比田不因老伴有病而发愁的那副样子。

"可是，说这回病得比以往厉害，兴许会有危险呢。所以你哥哥要我告诉你，让你去看看姐姐。"妻子把哥哥的话转告了丈夫，然后艰难地把屁股挪到铺席上，"稍许站一站，就觉得肚内不正常，真没办法。想伸手去拿放在柜子上的东西吧，根本拿不到。"

健三原以为孕妇越是临产，就越需要活动，根本没有想到妻子的下腹部和腰部会有吃力的感觉。他感到意外，从而失去了强迫妻子活动的勇气和信心。

"我实在没法去看姐姐。"妻子说。

"你当然不能去，我去好咧！"

六七

　　那一阵子，健三一到家就感到很疲倦。这种疲劳感不光是工作造成的，所以更加懒得出门了。他经常午睡，就连倚着桌子，把书本摊放在眼前，睡魔也会经常向他袭来。每当从假寐的梦中迷迷糊糊地醒过来时，他会更加感到非把失去的时间夺回来不可。他再也离不开桌子，被牢固地拴在书斋里。他的良心在命令他：无论怎么学不下去，无论怎么磨蹭，都得这样老老实实地待着。

　　四五天的时间就这样马马虎虎地过去了。等健三好不容易来到津守坡时，一度说会有危险的姐姐，已经开始好转了。

　　"啊，这就好啦！"他表示了一般的问候，可心里却在琢磨不定。

　　"哎，总算是托福啊——姐姐活着反正也尽给人添麻烦。不中用啦！适当的时候，死了反倒更好。可是，寿命终归是天赐的，这是没有办法的事呀！"

　　姐姐想要健三听懂这话里的意思。健三却一声不响，只顾抽烟。姐弟不同的性格，也表现在这些细微的地方。

　　"可是，只要比田在世，我不管怎么病，怎么不中用，也得陪着活下去，要不，他就不好办。"

247

亲戚们都说姐姐"孝顺丈夫"，可是比田对老伴的苦心却全不在意。如果不顾比田的表现，单看姐姐的态度，那个关心丈夫的劲头，确实达到了令人怜恤的程度。

"我是天生的吃苦的命，与我那口子正好相反。"

疼爱丈夫，的确是姐姐的天性。比田却不通情理，有时只顾强调自己，对姐姐那种莫明其妙的好心，反而感到厌烦。姐姐不会做针线活。过去，即使让她学习，教她技艺，她什么也学不会。自出嫁到今天，从未给丈夫缝过一件衣服。尽管如此，她却比别人厉害得多。小时候，为了惩罚她那股犟劲，把她关在仓库里，她就喊叫着："我要小便，快放我出去！不放我，我就尿在这仓库里，行不行？"就这样隔着栏杆门与外边的母亲顶嘴。那声音至今还在健三的耳边回响。

他与这位不是一个娘肚子生的姐姐，虽有着很大的差别，却又有着某些共同点。

"姐姐不过是完全暴露出来了，如果剥去我身上受过教育的皮，就没有什么太大的不同。"他被迫在姐姐面前暗自反省。

平时，他过分相信教育的力量；眼下，他明确地认识到教育的力量没有什么作用，跟粗野人一样。基于这种认识，他变得平等待人了。因此，在平时瞧不起的姐姐面前，他确实感到有些内疚。姐姐却根本没有注意这一点。

"阿住怎么样？快生了吧。"

"嗯，挺着个大肚子，怪难受的。"

"生孩子可痛苦哩，我有这个体会。"

姐姐一直被认为是不会生育的，结婚后不知过了多少年，才生下一个男孩。因为上了年纪才生头胎，她自己和旁人都很担心。相反，她没有担什么风险，就把孩子生下来了。可是，那孩子生下不久就夭折了。

"要当心！千万别轻率啊！——我家那孩子活着的话，也就有个依靠啊！"

六八

姐姐的话里，含有对死去的亲生儿子的怀念，也包含有对现在这个养子的不满。

"彦儿再能干些就好喽！"

她经常对旁人流露这种想法。彦儿虽不是她期待的那么特别能干，却是个稳妥可靠的好人。健三曾听人说他一大早就得喝酒，两人交往不深，不知道其他方面还有什么缺点。

"再多给家里挣点钱就好啦！"

诚然，彦儿的收入还不能使养父母的生活过得很宽裕。可是，比田也好，姐姐也好，只要想一想当初对他的抚育，如今也就没有道理来说这种贪图阔气的话了。他们没有送彦儿上什么学校。虽说挣钱有限，但能够拿到这点月薪，对养父母来说，就算是幸运了。对姐姐的牢骚，健三没有明显地予以重视；对死去的孩子，更没有寄予同情。他没有见过那孩子生前的模样，也不知死时的情景，连名字都忘了。

"那孩子叫什么来着？"

"作太郎嘛，那里有灵牌。"

姐姐给健三指着安装在生活间墙上的小神龛。在那昏暗而又有些脏的神龛里，摆着祖先的五六个灵牌。

"是那块小的吧？"

"可不，因为还是个婴儿，特意做了块小的。"

健三不想站起来去看看灵牌上的名字，仍然坐在老地方，从远处望着在黑漆板上写着金字的小牌子。他脸上没有任何表情。自己第二个女儿正患痢疾，再严重一点就将夺去她的生命。尽管他十分担心，也很痛苦，却没有因此而产生联想。

"姐姐我如果老是这样的话，说不定什么时候也会跟孩子去的啊，健弟！"

她的目光离开了神龛，投向了健三。健三却故意避开她的目光。

她嘴里说很担心，心里根本不想死。这种牢骚话与一般老人说的话含义多少有些不同。从她身上可以看出：慢性病一直这么拖着，寿命照样能慢慢地延续下去。在这方面，她的脾气反而帮了忙。她无论怎么难受，也不管别人怎么规劝，从不说要在屋里便溺，即使爬也得爬到厕所里去。她还有一个从小养成的习惯，就是早晨一定光着膀子洗漱，任凭刮寒风，下冷雨，都绝不间断。

"别那么担心，尽可能保养好就行啦！"

"是在保养。有健弟给的零用钱，牛奶肯定是要喝的。"据她说，如同乡下人要吃米饭一样，喝牛奶就是一切养生之道。健三也意识到自己的身体一天比一天差，可还在劝这位姐姐保养身体。其实他心里也隐隐约约地知道"这不光是别人的事"。

"我最近身体也不好，说不定比您要早立灵牌呢！"

在姐姐听来，他的话显然是无稽的笑话。他自己心里有数，所以故意发笑。虽说他明知自己的健康在不断受到损害，眼下却无计可施。他比姐姐显得更为可怜。

"我这是暗中慢性自杀，只是没有人对我表示同情。"他心里这么想，两只眼睛盯着姐姐深陷的眼睛、消瘦的脸颊和干瘪的手，脸上露出了微笑。

六九

姐姐是注意细枝末节的女人，对细微的事情总抱有好奇心。她特别正直，可又有一个怪毛病，就是爱绕弯子。

健三刚从国外归来，她就在他面前把自家可怜巴巴的生活情况倾诉了一番，意在取得他的同情。后来她还借健三哥哥的嘴，要求每月多少得给她一些零用钱。健三决定拿出与自己身份相称的钱，通过哥哥的手交给她，还把给钱的意思转告了她。接着，姐姐来信，其中写道："据长弟说，你每月多少会给我一点，实际上你究竟给多少？能不能通过长弟私下里告诉我一声。"很明显，姐姐对哥哥有心充当每月送钱的中间人，觉得靠不住。

健三弄糊涂了，感到很生气，但首先还是觉得姐姐可怜。他想把姐姐痛骂一顿，要她"少说废话"。他给姐姐的回信虽只写了一张信纸，却把他的心情充分表达出来了。姐姐也就那样没有再来信。她不识字，连上次的信都是请别人代笔的。

由于这件事，姐姐对健三更加顾虑重重了。她本来是什么都想打听的，现在对健三的家庭，除了不得罪人的事以外，不再多嘴了。

健三也从来不想把自己夫妻间的问题摆在她的面前。

"近来阿住怎么样?"

"怎么说呢,还是老样子呗!"

两人的对话,多数情况都是这样收场。

姐姐间接知道了阿住的病。在她的问话里,除了好奇心之外,还夹杂着热情的关怀。当然,这种关怀对健三是不起什么作用的。在姐姐眼里,健三不过是一个难以亲近、面无表情的怪人。

健三带着忧郁的心情,从姐姐家里出来,一直朝北信步走去,终于走进了从未到过的一条肮脏的街,像是新开的路。他出生在东京,眼下自己来到了什么个地方,方位还是能够分辨清楚的。可是,那里却没有给他留下任何可以勾起记忆的东西,往昔的印象全被拂除了。他带着不可思议的神态走在这块土地上。

他想起了过去的青苗地,还有穿过青苗地的一条笔直的小路,田地的尽头有三四家草顶的房子,跟前出现了一个汉子的姿影,那人脱去蓑衣,坐在帆布折叠椅上,吃着凉粉。再往前走就是一家宽阔得像原野的造纸厂。从那里拐过去,来到了街尽头,有一条小河,河上架着桥,河两岸筑起高高的石墙,从上面朝下看,离河水还相当远。桥边那家古雅的澡堂挂着门帘,旁邻的菜店门前摆着茄子,这些景物都曾使小时候的健三联想到广重①的风景画。

然而,过去的一切都像梦一般从眼前消失了,剩下的只是一片大地。

"什么时候变成这个样的呢?"健三原来光注意人们的变化,现

---

① 安藤广重(1797—1858),日本江户末期有名的浮世绘画家,长于风景画。

在面对着这自然的急剧变迁，他吃惊了。

他突然想起幼年时候同比田下象棋的事。比田有个毛病，面对棋盘，就要说："这么一来，我就是所泽的藤吉^①的弟子喽！"直到今天，只要把棋盘在他面前一摆，他还会说这句老话。

"我自己究竟会怎么样呢？"健三认为人生只有衰落，并无其他变化，即使有变化，也与日益繁荣的郊外情景无法相比。这意想不到的对照，不禁使他落入了沉思。

---

① 指埼玉县所泽市的著名棋士大矢东吉，因音近而误为藤吉。

七〇

　　健三无精打采地回到了家里。他那样子很快就引起了妻子的注意。

　　"病人怎么样?"

　　人总在某个时候要生病,这是难以逃脱的命运。看起来,妻子很想从健三的嘴里得到明确的答复。健三在未予答复之前,先感到有些蹊跷。

　　"一切都好。虽然还卧床,但没有任何危险。看来,我是被哥哥骗了。"这种口气说明他脑子里很糊涂。

　　"你呀,受骗也许更好些。如果真是那样,那就……"

　　"不是哥哥不好,而是哥哥被姐姐骗了,姐姐又被她的病骗了。也就是说,在这个世界上大家都在上当受骗。最聪明的也许要数比田,不管老伴怎么病,他都绝不会受骗。"

　　"姐夫还是不在家?"

　　"能在家吗? 就是病得厉害的时候,恐怕他也没有管过。"

　　健三想起挂在比田身上的金怀表和金链子。哥哥私下里说那是镀金的,可比田自己却一直把它当作真货。镀金也好,真货也好,反正谁也不知道他花多少钱从哪里买来的。这表的由来，连谨小慎微的姐姐，也只是大致猜测罢了。

"肯定是分期付款买的呗！"

"说不定是典当死了的货。"

姐姐凭着自己的想法向哥哥作了种种解释。这件健三认为不成问题的事，却引起了他们的种种猜想。越是这样，比田越显得神气。实际上，连健三每月给姐姐的零用钱都经常被比田借去。有多少钱落到了丈夫手里？现在他手里还有多少？姐姐始终没法弄清楚。

"近来，他手里好歹有两三张债券。"

姐姐的话简直跟猜邻居家的财产一样，离丈夫的实际情况相差甚远。

比田把姐姐摆在这种地位上，她自己毫不在意。在健三看来，比田真是个不可理解的人；而姐姐对这种勉强的夫妻关系居然能忍受得了，他同样感到无法理解；至于比田在金钱上一直对姐姐保密，又经常买进姐姐预想不到的东西，身上穿着料想不到的衣服，使姐姐无意中大为吃惊，这些事更是不可想象。丈夫发现妻子有虚荣心；妻子虽然心里焦急，但认为丈夫有能耐，反而心里高兴——当然，光凭这两点，也难以充分说明问题。

"要钱用的时候找别人，生病的时候也找别人。这样，所谓夫妻，只不过是住在一起罢了。"

健三心中的谜不易解开。不愿思考问题的妻子，也未加任何评论。

"再说，从旁人看来，我们夫妻同样也有很奇怪的地方，所以用不着对人家的事说三道四。"

“全都一个样，谁都认为自己好。”

健三一听，马上生气了。

“你也认为自己好吗?”

“当然喽，跟你认为自己好一个样。”

他俩的争执，往往是从这种地方开始。这么一来，双方特意沉静下来的心又被搅乱了。健三把责任归在处事不慎的妻子身上；妻子则认为这是蛮不讲理的丈夫造成的。

“哪怕不会写字，不会缝衣服，我也喜欢像姐姐那样孝顺丈夫的女人。”

“如今哪里还有那样的女人啊！”妻子话里深藏着极大的反感，认为再没有比男人更自私的了。

七一

　　妻子虽没有达事明理的头脑，但意外开明。她不是从被旧式的伦理观念束缚得那么厉害的家庭里成长起来的；她父亲虽担任过政治家的工作，但对家庭教育并不死板；母亲的性格也不像一般妇女，对子女管教得不是那么严；她在家里呼吸着较为自由的空气，而且只念到小学毕业；她不善于思考，但对考虑过的事却能得出粗浅的体会。

　　"光是因为名义上是丈夫，就得强迫人家去尊敬，我可做不到。如果想受到尊敬，最好在我面前能表现出受人尊重的品格来，丈夫之类的头衔，即使没有也不要紧。"

　　说来奇怪，做学问的健三，在这一点上，思想反而显得陈腐。他很想实现为了自己而必须推行的主张，从开始起，就毫不顾忌地把妻子摆在为丈夫而存在的位子上，认为"无论从哪个意义上讲，妻子都应该从属于丈夫"。

　　两人闹矛盾的最大根源就在这里。

　　妻子主张与丈夫分开，独立存在。健三一见她那样就感到不痛快，真想说："一个女人家，太不自量啦！"再激烈一点，还想立即改口说:"别那么神气!"妻子心里也经常想用"女人又怎么着"的话来回敬他。

"再怎么说,女人也不是任人随意践踏的呀!"

健三有时从妻子脸上露出的表情就能清楚地看出这一点。

"并非因为是女人,别人瞧不起,而是因为自己太笨,才被人瞧不起的。要想得到人家的尊敬,就得有受人尊敬的那种人品。"

健三的这一套理论,不知不觉与妻子用来对付他的那一套理论混在一起了。

他俩就这样在没完没了地兜圈子,而且再怎么累也在所不顾。

健三在圈子里猛地站住了,这不外是他那激昂的情绪安静下来的时候;妻子也会在圈子里突然停下来,这只限于她脑子里的障碍开始疏通的时候。这时,健三才收敛住怒嚷,妻子才又开了口。两人又携起手来,有说有笑了。可是,仍然没法跳出那个圈子。

妻子临产前约十天,她父亲突然来看望健三。正好他不在家,傍晚归来时,听妻子说起此事,他歪着头问:"有什么事呢?"

"哦,说是有点事要跟你说。"

"什么事?"

妻子没有回答。

"你不知道吗?"

"对啦,他走时说,在这两三天内还会再来,到时再跟你细说。等他来了,你直接问吧。"

健三不好再说什么。

岳父多时不来了。无论有事没事,他做梦也没有想到对方会特意前来。由于这种疑惑,他说的话比平时要多。与此相反,妻子说的话却比平时少。妻子常因不满和心烦而沉默寡言，但这次有所不同。

　　夜晚不知不觉变得十分寒冷了。妻子目不转睛地凝视着微弱的灯影，灯光纹丝不动，唯有风猛烈地吹打着挡雨套窗。就在这树木呼呼作响的夜里，房间里寂静无声，夫妻俩隔着灯默默地坐了一阵。

七二

"今天父亲来时，没有穿外套，显得冷，我把你的旧外套拿给了他。"

那件和服外套是在乡下的西服店做的，已经多年了，在健三的记忆里几乎没有印象了，妻子为什么给了自己的父亲，健三没法理解。

"那么脏的东西！"与其说他不可理解，不如说感到怪难为情。

"不，是高高兴兴穿着走的。"

"你父亲没有外套吗？"

"岂止没有外套，什么东西都没有啦！"

健三很吃惊。妻子的脸在微弱的灯光照射下，突然显得十分可怜。

"穷成这个样了么！"

"是啊，说是已经没法可想了。"

不爱说话的妻子，一直没有向丈夫谈起自己娘家的详细情况。健三对岳父离职以后过得很不称心的情况，虽略有所闻，但根本没想到竟落到了这般地步。他不由得随即回顾起岳父的往昔来。

他眼前清楚地浮现出岳父头戴礼帽，身着大礼服，神气十足地走出官邸的石门的那副派头。大门内铺的是硬木拼成的"久"字形地板，铮亮铮亮的，健三走不惯，有时会脚打滑。会客室前有一块宽阔的草地，往左一拐，紧连着一个长方形的餐厅。健三还记得结婚之前，在那里与妻子的家里人一起吃过晚饭。楼上也铺着地席。他没有忘记在正月里一个寒冷的晚上，他被邀去玩纸牌，就在楼上一间暖和的屋子里欢声笑语深夜不断。

这座宅子还有一栋日本式房子与洋楼相连，住在这里的，除了家里人外，还有五个女仆和两个书童。由于工作关系，这里进进出出的客人甚多，也许需要这么些用人来听候使唤。当然，如果经济上不允许的话，这种需要是不可能满足的。

就是健三刚从外国回来时，也不见岳父困难到这个程度。岳父到新安家落户的驹达的后街来看望时，就曾对他这么说：

"说起来，一个人怎么的也要有自己的房子，当然，这不是一下子就能办到的。即使往后推，心里也要想着积蓄点钱。如果手边没有两三千圆钱，一旦办事，那就麻烦了。哪怕有那么一千圆也好，如果把它存在我那里，过一年，马上就会增加一倍。"

健三不通理财之道，当时被弄得莫明其妙。

"一年里，一千圆怎么能变成两千圆呢？"

他脑子里根本找不到解决这个问题的答案。他不善图利，只能带着惊讶的神态，去琢磨这只有岳父才有、自己却完全缺乏的那种神奇的力量。可是，他并没有指望储存一千圆，也不想向岳父打听那种生财之道，就这样过到了今天。

"不管怎么说，按理不至于那么穷。"

"这有什么办法呢，命该如此嘛。"

妻子面临分娩，肉体上的痛苦，使她稍许费点劲都感到很吃力。健三默默地望着她那值得同情的肚子和气色不好的面容。

过去在乡下结婚时，岳父不知从哪里买来四五把下等团扇，上面画有类似浮世绘①的美人。健三拿过一把，一边摇动一边说太俗气。岳父当时回答说："在这地方还是合适的。"如今健三把在那里做的外套给了岳父，却很难把"对老爷子还是合适的"之类的话说出口来。他认为再穷，穿那种东西，未免太难为情。

"没想到他还愿意穿。"

"尽管难看，总比挨冻强吧。"妻子惨然一笑。

---

① 日本的一种风俗画，以画人物为主。

七三

隔了一天，岳父来了。健三见着了好久不见的岳父。

无论从年龄，还是从阅历来说，岳父都要比健三更谙于世故。可是，他对自己的女婿总是那么客气，有时客气到极不自然的程度。这并不能说明他把一切全袒露出来了，而是暗地里还隐藏着许多别的打算。

在他那双出自官僚的眼睛里，从开始起就把健三的态度视为不恭，认为健三很不礼貌地超越了不应超越的界限；对健三那种只相信自己的傲慢表现，心里满不高兴；而且对健三那种毫不顾忌、想说什么就说什么的粗鲁习气，也很不称心；健三除了胡来，别无可取的顽固思想，也正是他要指责的。

他瞧不起带有稚气的健三。他认为健三连形式上的经验都没有，却拼命想接近他，所以表面上采取这种客套态度来进行阻挡。这么一来，两人就地而止，不再前进一步，两人之间必须保留一定的距离，以便搜索彼此的短处，而对彼此的长处，就不想去弄个一清二楚了。这么一来，彼此对自己身上的大部分缺点也就根本不注意了。

诚然，在健三面前，眼下岳父无疑是属于暂时的弱者。不肯向他人低头的健三，看到岳父由于穷困，不得已来到了自己面前，马上联想到处于相同境遇中的自己。

"确实太苦啦！"健三的思想被这个念头束缚住了。他倾听了岳父前来谈起的筹款办法，脸上显得毫无悦色。他心里也抱怨自己不该这样。"我不是因为金钱的事，才面无悦色的，而是因为与金钱无关的另一件不愉快的事才这么不高兴，请不要误解。在这种情况下，我与那种伺机进行报复的卑劣的人有所不同。"健三很想在岳父面前作出这种解释，但还是不惜冒着被误解的危险，没有把话说出来。

与莽撞的健三相比，岳父却显得相当彬彬有礼，也很沉着。从旁看去，他比健三更具有绅士风度。

岳父提起了某人的名字，说："那人说他认识你，你也该认识他吧。"

"认识。"

健三过去在校时，就认识那人，只是没有深交。听人说，他毕业后去了德国，回国后很快改换了职业，转到某家大银行去了。除此以外，健三没有听到有关他的消息。

"还在银行里吗？"

岳父点点头。可是，健三根本不知道他们是在哪里认识的，又没法详细打听，主要是谈那人愿不愿借钱的事。

"据他本人说，要借也行。行是行，但要有可靠的保人。"

"那是自然。"

"我问谁来作保才行呢？对方说，你来作保，就可以借。对方特意点了你的名。"

健三毫不犹豫地承认自己是可靠的人，可是他想到从职业的性质来说，自己是缺乏财力的，这一点应该让人家知道才行。况且岳父是交际极广的人，他平时提到的熟人当中，社会信用比健三高出多少倍的著名人物，要多少有多少。

"为什么要我来签字画押呢?"

"人家说，是你就可以借。"

健三陷入了沉思。

七四

　　他从未当过向别人借钱的保人。不管他怎么处事随便，这种事还是经常听说的：有人就因为出于情理，替人画押，到头来，虽有一身本事，却落得沉沦在现实社会的底层，挣扎了再挣扎。他想尽可能避开那种关系到自己前途的行径。他思想顽固，可又经常迟疑不定。在他看来，这种情况下，如果断然拒绝作保，那是多么无情、冷酷和于心不忍啊！

　　"非我不行吗？"

　　"说只有你才行。"

　　他同样问了两遍，得到了两遍同样的回答。

　　"真奇怪呀！"

　　他与世事疏远。岳父到处求情，就因没人作保，最后才不得已到他这里来的，连这种明摆着的事，他都察觉不出来。那位并无深交的银行家如此信任他，他反而提心吊胆。

　　"真不知会落个什么样的下场。"

　　他十分担心自己未来的安全。与此同时，他的性格也使他没法单凭这点利害关系就能把此事承担下来。在得到一个适当的解决办法之前，他不得不在头脑里反复思索。就算最后找到了解决的办法，在拿到岳父面前去时，又得付出很大的努力。

"因为作保的事太危险，我不想那么做。至于您所需的钱，由我来尽力筹措。当然，我没有存款，要筹款就得向人借。只要可能，就不要去借那种在形式上需要履行立约画押之类手续的钱。尽管我的交际范围不广，但去张罗不冒风险的钱，我还是心甘情愿的。从这方面想想办法看。当然，要凑足所需的款项，那是不可能的。既然由我去筹措，必须要由我来归还，这是理所当然的，所以我不可能去借与自己身份不相称的钱。"

岳父处境困难，能借多少就算帮了多少忙。所以他没有更多强求健三。

"那么，就请你费心吧。"

他用健三那件旧外套紧裹着身子，走在寒冷的阳光下，回家去了。健三在书斋里与岳父说完了话，把他送出大门之后，又径直回了书斋，没有去观察妻子的表情。妻子在送父亲出大门时，只是和丈夫并肩站在脱鞋的地方，也没有再进书斋来。筹款的事，两人各自都心里有数，却没有提出来谈一谈。

可是，健三心里从此有了负担，他不得不为完成这一使命而奔波，再次来到了安家时为买火盆和烟具而一起奔跑过的那位朋友家里。

"能不能借点钱呢？"

他突然提出了这个问题。那位朋友没有钱，带着惊奇的神态望着他。他把手伸向火盆，向朋友逐一说明了情况。

"怎么样？"

这位朋友曾在中国人陆的一所学校里教过三年书，当时积蓄了一笔钱，但都买了电铁公司等的股票。

"那么，能不能去找一找清水呀？"

清水是那位朋友的妹夫，在下町繁华的地方开了一家医院。

"是啊，很难说。那家伙兴许有那么些钱，但不知肯不肯借。好吧，去问问看。"

朋友的一片好心终于没有白费。过了四五天，健三把借到的四百圆钱交到了岳父的手里。

七五

"我算是尽了最大的努力。"

健三聊以自慰，而对自己设法弄来的钱的价值，却没有更多的考虑。他既没有想岳父兴许会因此而感到高兴，也没有考虑这些钱到底能起多大补助作用。至于这笔钱将花在哪方面？又怎么花？他根本不懂。岳父来时也没有把内情向他说清楚。

想借此机会消除两人以往的隔阂，未免过于简单，何况两人的性格又过于固执。

岳父在待人处世上，虚荣心要比健三强，与其说他会尽力争取别人很好地了解自己，不如说他想力求把自己的价值摆在光天化日之下，这就是他的性格。因此他在周围的至亲面前，表露出的姿态，总是带着几分夸张。

他的处境一下子变得失意了，才不得不想到自己的平日。为了掩饰这一点，他在健三面前又竭力装出另一副姿态，直到实在装不下去了，才来求健三作保的。尽管如此，他欠了多少债？受了多少苦？这些详细情况，他始终没有告诉健三，健三也未过问。

两个人就那么保持着以往的距离，彼此伸出自己的手，一个人交出钱来，另一个人接了过去，然后，两人再把伸出的手缩回来。妻子站在一旁，默默地看着这一情景，一言不发。

健三刚从外国归来时，两人之间的距离还没有这么大。他新安家不久，听说岳父要着手某一矿山事业，当时感到奇怪。

"就是说要挖山？"

"嗯，据说是兴办什么新公司。"

他皱起了眉头，但同时又对岳父那股神奇的力量抱有几分信心。

"能办得好吗？"

"你看呢？"

健三与妻子就这么简单地相互问了一句。随后，妻子告诉健三，父亲因事到北方某个城市去了。约莫过了一个星期，岳母突然来到健三家里，对他说：岳父在旅途中得了急病，她非去一趟不可，为此，能不能设法凑点旅费。

"好的，好的，旅费嘛，怎么的也得凑给您，您就立即动身吧！"

健三打心里同情那个坐火车挨冻、而今住在客店里经受着痛苦的老人。虽说自己不曾去过，但处身于遥远的天空下的孤单情景是可想而知的。

"只是来了个电报，详细情况根本不知道。"

"那就更不放心啦，还是尽早去一趟的好。"

幸好岳父的病不重。可是，他要着手的矿山事业，就那么烟消云散了。

"没有谈到有什么把握吗？"

"有是有，但又说意见不大一致。"

妻子把父亲竞选某大城市市长的事告诉了健三。这笔活动经费好像由他的一位有钱的老朋友来承担。可是，该市的几位有志之士一齐来到东京，拜会了一位有名的政治家伯爵，询问岳父是不是合适的人选？那位伯爵回答说："不太合适吧！"据说就凭这么一句话，事情就被勾销了。

"真难办啊！"

"往后总会有办法的。"

妻子比健三更多地相信自己的父亲。健三当然知道岳父有一股神奇的力量。

"出于同情，我才那么说的。"他的话并非谎言。

七六

可是，岳父再次来探望健三的时候，两人的关系已经发生了变化。曾主动为岳母提供旅费的女婿又得后退一步，只是站在相当远的距离上望着岳父。当然，他眼睛里呈现出的神态既非冷淡，也非漫不经心，而是要从乌黑的瞳孔里闪出带反感的电光来。他为了竭力掩盖这种电光，才不得已在这种锐利的光芒上覆盖着冷淡和漫不经心的伪装。

岳父处在悲惨的境况中，眼下又是那么殷勤。这两种情况当然会给健三带来压力。他既然不可能积极地顶撞，就只好控制自己。他必须忍耐，充其量只能表示不高兴。他被弄得无可奈何，认为对方困苦的现状和殷勤的态度反而妨碍他作出自然的表露。从他来说，岳父这样做等于是在折磨他。可从岳父来说，看到女婿对自己采取连普通人都不如的拙劣对策，等于是自己办了不堪忍受的糊涂事。当然，从不了解前后关系、光看到这种情景的旁观者来说，真正糊涂的还是健三。就是让知道情况的妻子来说，也绝不会认为丈夫是个聪明人。

"这回可真把我给难住了。"

岳父最初说这种话时，健三没有给他一个称心的答复。

不久，岳父提到了某知名财界人士的名字。这人既是银行家，也是实业家。

"是这样，最近由于某人的周旋，我会见了他，谈得十分投机。说起来，在日本，除了三井和三菱，就要数他了。所以不会因为当雇员而有伤我的体面，而且工作的区域又很宽，可能干得很愉快。"

这位有钱人许给岳父的职位，是关西某私营铁路公司的经理，这家公司的大部分股票被他一人把持，所以他有权根据自己的意志来选择公司经理。可是，岳父必须先拥有几十股或几百股股票的资格。如何筹措这笔钱呢？健三不通此道，无能为力。

"我求他把暂时需要的股票数转在我的名下。"

健三对岳父的话抱有怀疑，但并不因此而轻视他的才能。在促使他和他的家属摆脱目前的困境这一点上，健三无疑是希望他获得成功的，只是依然不能改变原来的立场。他的祝贺只是形式，而且他的软心肠又故意变得硬起来。看来，这方面完全没有引起老朽的岳父的注意。

"让人作难的是，不能走一步看一步，因为还有时机问题。"

他从怀里拿出一张聘书似的纸来给健三看，上面写着某保险公司聘请他当顾问的词句和每月支付一百圆报酬的条件。

"如果刚才跟你谈到的这门差事能成，是拒绝还是接受，我还没有拿定主意。不过，即使只有一百圆，也可以渡过当前难关。"

过去，在他辞去某一官职时，当局曾根据政府内定，附加了一个条件，如果他愿意到山阴道去担任知事，可以进行调动，可是他断然拒绝了。如今在这家不太兴隆的保险公司拿着一百圆月薪，却并不嫌弃，这只能说明境况的变化对他的性格产生了影响。

岳父这种与健三差别不大的态度，有时会把健三从原有的立场上往前推，可当他意识到有这种倾向时，又必须往后退。他这种自然的态度，从伦理上讲，也可以认为是不自然的。

七七

岳父是个事务工作者，他总是从工作的本身出发来评价一个人。乃木将军①出任台湾总督不久就辞了职，当时，他对健三说：

"作为个人的乃木将军，重义笃情，实在伟大；可作为总督的乃木将军，是否真正胜任，我认为这方面似乎还有许多问题需要探讨。也许个人的恩德会很好地传布给亲近自己的人，可是，给远离自己的黎民百姓的利益就不那么充分了。要做到这一点，还是离不开本事，没有本事，不管多么好的人也只能待在一旁，无计可施。"

在职期间，他曾主管过下属某会的一切事务。以某侯爵为会长的这个会，由于他的努力，使创立该会的意图在工作中得到了很好的贯彻，后来，约有两万圆的余款存在他那里。与仕途绝缘后，他接二连三地不走运，终于动用了这笔存款，而且不知不觉被耗费殆尽。为了维持自己的信用，他没有把此事告诉任何人，但又不得不每月设法筹款，以偿还这笔存款自然生出的近百圆的利息，来保住自己的体面。这事比维持家计还要使他作难。可这一百圆对维持他的官场生涯是绝对必要的，能每月从保险公司得到这笔钱，当时在他的心里无疑是越想越高兴的事。

很久以后，健三才听妻子说起此事，从而使他对岳父产生了新的同情，不再把岳父当作不道德的人来憎恨，更不把与这种人的女儿结为夫妻视为耻辱了。然而，健三在妻子面前几乎从不谈起这些事。妻子倒是常常跟他说说话——

"我呀，不管丈夫是什么人，只要对我好就行。"

"小偷也行吗？"

"对啦、对啦，小偷也罢，骗子也罢，什么都行。只要把老婆当人看待，这就够了。再怎么了不起的人，或是有卓识的人，在家里待人不亲切，对我是毫无好处的。"

的确，妻子就是她所说的这种女人。健三也同意她的说法。只是他的观察，像月晕一样渗出了妻子所说的意思之外，妻子在旁边用这种话指责自己一心扑在学问上，这种气味已从某些方面闻出来了。可是，还有一种感觉比这种气味更强烈地在冲击健三的心，那就是不了解丈夫心思的妻子，正在用这种态度在暗中维护着自己的父亲。

"我不是那种人，不会因为这些事而丢开别人不管。"他并不想在妻子面前开脱自己，只是暗自念念不忘以此来替自己辩解。

当然，他也认为：自己与岳父之间之所以自然产生出鸿沟来，主要还是由于岳父过于施展手腕所造成的。

健三正月里没有去岳父家拜年，只寄了一张恭贺新禧的明信片。岳父不能原谅，表面上没有责怪此事，而是让十二三岁的小儿子同样写了"恭贺新禧"几个歪歪扭扭的字，并用那个儿子的名义给健

---

① 乃木希典(1849—1912)，日本陆军大将，明治天皇驾崩时切腹殉死。

三回了一张贺年卡。健三很清楚，这是岳父运用他的手腕在进行报复，而对自己为什么没有亲自去给岳父拜年，却完全没有做出反省。

一事连万事，利息滚利息，儿子还会生儿子，两个人的关系越来越疏远了。健三认为：不得已犯罪和本来无须犯罪、却明知故犯，两者之间是有很大区别的，所以对岳父那种性质恶劣的镇静态度，也就更加气愤了。

七八

"他好对付。"

健三尽管知道自己确实存在不少好对付的地方，可是，如果别人这么看，他就十分生气。

他的神经使他对那些不计较自己生气的人，会很快产生出一种亲切感。群众中若有这种人，他的眼力是可以很快分辨出来的。只是他自己无论如何没有这种胸怀。倘使这种人出现在眼前，他是会更加尊敬的。

与此同时，他痛骂自己。可是对方要是促使他咒骂自己，他就会更加激烈地咒骂对方。

就这样，他和岳父之间自然形成的鸿沟越来越深了。妻子对他的态度，无疑对造成这条鸿沟暗中起了作用。

两人的关系越来越紧张的时候，妻子的心渐渐地倾向娘家。娘家出于同情，必然反过来暗地里为妻子撑腰。显然，为妻子撑腰，在某种场合下，无疑是与健三为敌。这么一来，两人只能越来越疏远。

幸而老天把癔症作为缓冲剂赋与了妻子。两人的紧张关系到了顶点时，癔症正好又发作了。妻子经常倒在通向厕所的走廊里，健三把她抱起来直接放到床上。还有这种情况：深更半夜她一个人蹲在开着一扇挡雨窗的廊檐边上，这时，健三走过去从身后用两手把她架住，带回卧室里来。

这种时候，她的意识总是蒙蒙眬眬的，跟做梦没有区别，瞳孔放得很大，外界映在她的眼里，就像幻影一样。

健三坐在枕边直盯着她的脸，眼里总带着不安的神情，有时怜恤妻子的念头会战胜一切。他经常把可怜的妻子的乱发梳理好，用湿手巾给她擦去额上的汗珠。有时为了使她头脑清醒，还会朝她脸上吹气，或嘴对嘴给她灌水。

健三清楚地记得过去的情景：妻子癔症发作时，比现在还厉害。有时，他夜里睡觉，常用细绳子把自己的腰带和妻子的腰带连在一起。绳子长约四尺，这个长度是特意考虑好能充分翻身的。多少个夜晚都是如此，妻子并不反对，就那么睡了。有时，他用碗的底部压在妻子的心窝上使劲按，就靠这种办法来止住妻子身子朝后仰的怪劲，可是，他自己也弄得冷汗直流；有时，他还会听到妻子在胡言乱语。

"天老爷来了，驾着五彩祥云来了，不得了啦！他爹。"

"我的小宝宝死了，我死去的小宝宝来了，我不得不去呀，你瞧，不是在那儿吗？在水井里，我要去看看，放开我呀！"

流产后不久，她扒开紧抱着她不放的健三的手，一边这么胡说，一边要翻身起来……

妻子的发作给健三带来了极大的不安。在一般的情况下，紧接在不安之后，他脸上会现出更大一团慈爱的云彩来，与其说他担心，不如说他更加怜悯妻子。他在体弱可怜的妻子面前低下头来，尽可能讨得她的欢心。妻子也显得很开心。

因此，他既不怀疑妻子是故意发作，也不因过于生气而不去管她。而且妻子发作的次数，并不妨碍他自然的同情；妻子如此折磨自己，也没有增加不满。正因为如此，妻子的病作为缓和两人关系的措施，对健三来说，还是很有必要的。

遗憾的是，他和岳父之间却不具备这种缓冲剂。因此，妻子对他们两人本来存在的鸿沟，即使在夫妇关系恢复正常之后，也没法去稍作填补。这是一种怪现象，但的确又是事实。

七九

　　健三讨厌这种不合理的事，他为此而苦恼，可又没有别的办法。他的性格是既认真又专心，同时也带有相当消极的倾向。

　　"我没有那种义务。"

　　他自己问自己，自己得出答案，而且相信这个答案是根本性的。他决心永远在不愉快中生活，甚至对往后能否自然得到解决，都不作指望。

　　遗憾的是，妻子在这方面，也一直持消极态度。她是个一有什么事就愿意奔走的女人，有时别人托她干什么，她比男人还要肯干。可是，这只限于眼前手能摸得着的具体事，她认为在夫妻关系上根本不存在这种事，也不认为自己的父亲与健三之间存在那么大的裂痕。除非有具体的重大变化，否则，不会有什么事，对一切等闲视之。她认为自己、自己的父亲和丈夫三者之间所产生的精神状态的波动，是无从着手解决的。

　　"说起来，这没有什么嘛。"

　　她暗中也不断意识到这种波动，却硬要这么回答。她认为这样回答是最为正确的，即使有时健三听来有虚伪的感觉，她也绝不改变。到后来，她那股怎么着都不在乎的劲头，使她的消极态度锻炼得更加消极了。

夫妻的态度就这样在消极的方面取得了一致，即使别人认为这只能使相互间的不协调永远继续下去也在所不顾，这种一致性就是从他俩根深蒂固的性格里也能推断出来，与其说是偶然，不如说是必然的结果。他俩面对面，根据彼此的长相，就能断定各自的命运。

岳父接过健三筹集的钱走了之后，夫妻并没有把此事看得特别重要，反而谈起别的事来。

"接生婆说什么时候生呀？"

"没有明确地说什么时候，可是快了。"

"做好准备了吗？"

"嗯，全放在里面的柜子里。"

健三不知道放了些什么。妻子在艰难地大口喘气。

"不管怎么着，老这么受罪可是受不了，要是还不早点生的话。"

"你不是说过这回也许会死吗？"

"是啊，死也好，怎么着都行，只希望早点生。"

"真可怜！"

"行啦，死了也是你造成的。"

健三想起妻子在遥远的乡下生长女时的情景。他心神不安，脸上显得很窘，听到接生婆叫他去帮一下忙，他随即走进产房去。这时，妻子用一股透骨的狠劲，猛地咬住了他的手腕，接着像受刑的人一样呻吟起来。他精神上能感觉到自己妻子身体上经受的痛苦，甚至感到自己就是罪人。

"生孩子很痛苦，可看生孩子也够难受的！"

"那就找个地方玩玩去吧。"

"一个人能生吗?"

妻子什么都没有说,根本不提丈夫出国期间生第二个女儿时的事,健三也不想打听。但他又是天生的放不下心的性格,他不是那种放着妻子的痛苦不管、只顾自己外出冶游的人。

接生婆再来时,他叮问道:"是一周之内的事吗?"

"不,也许会再往后些。"

健三和妻子都这么准备着。

八〇

妻子的预产期不准，有提前的感觉。她痛苦的呻吟声，惊醒了躺在旁边的丈夫。

"刚才肚子一下子痛起来……"

"是不是要生啦？"健三不知妻子的肚子痛到什么程度，在寒夜里，他从被子里露出头来盯着妻子的神态。

"给你稍许揉揉吧？"他懒得起来，只是应付了一句。他对妻子生孩子只有一次经验，而那点经验也忘得差不多了，只记得妻子生长女的时候，这种痛感像潮水涨落一样，反复了好几次，"不会这么快吧，生孩子嘛，总会痛一阵好一阵的。"

"可不知为什么，痛得越来越厉害了呀！"

妻子的神态也明显地证明了她说的话，见她痛得在床上没法安静下来，而且脑袋离开了枕头，时而向右，时而向左。健三是个男子汉，对此毫无办法。

"去叫接生婆吧？"

"是，快去！"

给职业接生婆家打电话吧，但那里又不会有那么齐全的设备。

在紧急的情况下，他总是往附近有关系的医生那里跑。

初冬的夜晚，外边黑漆漆的，离天亮还有一段时间。他也考虑到让女仆去敲人家的门会引起麻烦，可又不敢就这么等到天亮。他终于拉开卧室的隔扇，从旁边屋通过起居室，来到了女仆的房门口，立即把女仆叫起来，让她连夜去找人。

他回到妻子的枕边，妻子更加感到剧痛了。他的神经十分紧张，一分钟一分钟地在等待车子在门口停下来的声音。

接生婆就是等不来。妻子的呻吟声把夜深人静的房间搅得不得安宁。约莫过了五分钟，妻子向丈夫宣布："这就要生了！"这时，听到妻子发出一声没法再忍的喊叫，胎儿降生了。

"坚强些！"

健三连忙站起来，转身到了床边，可他不知如何是好。那盏油灯在长灯罩里发出死寂的亮光，照着昏暗的室内。健三眼睛看到的周围，只是一片昏暗，模糊得连被子的条纹都看不清楚。

他狼狈不堪，要是移灯去照，强迫自己去看那男人不应看的地方，又感到羞怯，不得已只好在黑暗中摸索。他右手带着不同寻常的触觉，突然摸到了一种从未接触过的物体，像洋粉一样柔软。从轮廓来说，只不过是不成型的一团肉块。这肉块带来的恐怖感传遍了他的全身，他用手指轻轻地摸了摸，肉块既不动，也不哭，只是感到在触摸的时候，那块柔软的洋粉似的东西仿佛脱落下来。他想：如果硬是去压或是去抓的话，整个物体肯定就会崩裂。他心里害怕，连忙把手缩回来。

"可是，就这么放着的话，是要感冒的，也会冻坏的呀！"

是死了还是活着，他分辨不清，但这种担心却涌上了心头。他猛地想起妻子说过生产所需的东西放在柜子里，随即打开自己身后的柜门，从那里拽出来大量的棉花。他不知道那就是脱脂棉，只知道一个劲地扯碎了，盖在那柔软的肉块上。

八一

　　这时候，盼着的接生婆终于来了，健三这才放了心，回自己房间去了。

　　天很快亮了。婴儿的哭声使家里寒冷的空气都为之微微颤抖。

　　"母子平安，可喜可贺。"

　　"是男孩，还是女孩？"

　　"是个女孩……"接生婆有点遗憾似的，只说了半句话。

　　"还是女孩呀！"

　　健三显得有些失望。第一个是女孩，第二个是女孩，这回生的还是女孩，他成了三个女孩的爸爸，心里暗中责怪妻子：像这样尽生同样的品种，安的什么心？可是，却没有想想自己让妻子这么生，应该负有什么责任。

　　在乡下生的长女，本是个皮肤细嫩的漂亮小姑娘。健三经常让孩子坐在婴儿车里，从后面推着在街上走。有时见孩子像小天使似的睡得很香，这才推回家来。可是，后来却起了预想不到的变化，他从外国归来时，这小姑娘由人领着到新桥车站来接他，小姑娘看见好久不见的父亲，竟对旁边人说："我还以为爸爸有多好看呢！"他的长相的确使孩子失望。可是久别之后，孩子的容貌也变得难看了，脸部越来越缩，轮廓也不丰满。孩子的长相像一面镜子，使健三清楚地照见了自己不意而成的难看的面容。

第二个女儿头上一年到头总是长包。据说可能是不通风的缘故，于是把头发嚓嚓地剪个精光。这姑娘下巴短，眼睛大，就像海里的妖怪一般，羞得她不敢到别处去。因此父母一心指望第三个孩子长得漂亮些，也并非出于偏心。

"一个接一个尽生这样的孩子，究竟作何打算呀！"

他产生了这种缺乏感情的想法，这话不光是指孩子，还多多少少包含着问自己和妻子究竟作何打算的意思。

外出之前，他朝卧室里张望了一下。妻子安静地躺在换洗过的床单上，孩子像附属品似的，包在新的厚棉被里，摆放在旁边。孩子露着红红的脸蛋，给人的感觉与昨晚在黑暗中手所触及的洋粉似的肉块，完全不一样。

一切都收拾停当，那里连脏物的影子都看不见了。夜来的印象就像做梦一样，没有留下任何痕迹。他对接生婆说："被子换过了吧？"

"呃，被子、床单都换过了。"

"收拾得真快呀！"

接生婆光是笑。这女人从年轻时候起就一直打单身，声音和态度有些像男性。

"你一个劲地尽用脱脂棉，后来不够用了，可作难啦！"

"也许是那样，因为我慌了手脚呀！"

健三虽这么说，却并不认为有什么了不起。相比之下，因出血过多而脸色苍白的妻子，倒是使他很不放心。

"怎么样？"

妻子微微睁开眼睛，在枕上轻轻地点了点头。健三就那么出了门。

按时回来之后，他没有脱去西服就坐到了妻子的枕边。

"怎么样？"

这回妻子没有点头。

"好像有些不太妙。"

她的脸色跟早晨看到的不同，显得发红。

"心里难受吗？"

"嗯。"

"让女仆去叫接生婆吧？"

"可能快到了。"

接生婆是该来了。

八二

不久，妻子的腋下塞进了体温表。

"有点烧。"接生婆说着把刻度柱中上升的水银甩了下去。这女人不大说话，为慎重起见，要不要请产科医生来看看，她连这种话都没有跟健三说，就独自走了。

"该不要紧吧。"

"怎么样？"

健三对此一无所知，但产生了一种可怕的念头：只要发烧，就可能很快变成产褥热。妻子相信母亲花钱请来的接生婆，所以反倒处之泰然。

"你还问怎么样，不是你自己的身体吗？"

妻子没有答话。健三看来，妻子的脸上好像露着死了也不要紧的表情。

"人家这么为她担心，可是……"

直到第二天，他还有这种感觉，但仍按往常的时间，一大早就出了门。下午回来时，才知道妻子的烧已经退了。

"原来没有什么事啊！"

"是呀，可说不定什么时候还会发烧哩！"

"生孩子，是会时而发烧，时而退烧的吗？"

健三说话很认真。妻子脸上露出一丝冷淡的微笑。

幸好就那样没有再发烧。产后算是顺利地过来了。妻子按常规在三周内注定该在床上度过。在这期间，健三常来到她枕边说说话。

"你不是说这回会死、这回会死吗？这不是活得好好的么。"

"如果死了好，我什么时候都可以死。"

"那就随你的便喽！"

妻子听了丈夫半开玩笑的话，尽管对自己的生命感觉迟钝，但也会回想起当时确实有一种危险的感觉。

"的确我是想过这回会死的。"

"为什么？"

"不为什么，只是想想而已。"

不怕死，分娩时反而比一般人要轻松。预想和事实正好表里不一，对此，妻子却没有加以考虑。

"你太大意啦！"

"你才大意呢！"妻子高兴地看着躺在身旁的小宝宝的脸，又用手指去捅那小脸蛋，开始逗她玩。这小婴儿长着一张怪脸，可以说还不具备人体应有的眼睛和鼻子的模样。

"正因为孩子小，所以生起来才显得轻松。"

"往后会长大的！"

健三想到了这小肉块将来会长成妻子现在这个样，这当然是遥远的未来的事。可是，只要中途命不该绝，这一天肯定就会到来。

"一个人的命运真难安排呀！"

妻子认为丈夫的话太突然，不解其意。

"你说什么?"

健三不得不在她面前把同样的话再说一遍。

"你这是怎么啦?"

"有什么怎么不怎么，事实如此，就这么说说呗!"

"真没意思。你以为尽说些人家不懂的话，心里就得意啦?"

妻子撇开了丈夫，把自己身边的小宝宝抱过来。健三并没有显出厌烦的样子，又钻进书斋去了。

在健三的心里，除了没有死成的妻子和健康的小宝宝之外，还想到了免职未成的哥哥，因气喘病行将丧命、却还活着的姐姐，在谋求新的职务、但尚未到手的岳父，还有岛田和阿常，另外还有自己与这些人之间那未竟的种种事情。

八三

孩子们是最快活不过的了。两个姐姐高兴得像给买来了活娃娃似的，一有空就要凑到新生的妹妹旁边来，哪怕妹妹眨一眨眼睛，她们都会感到稀奇。打喷嚏也好，打哈欠也好，随便什么都被看作是奇怪的现象。

"往后会怎么样呢?"

一家人只顾忙于眼前事务，心里从未考虑过这个问题。孩子们连自己往后会怎样都不懂，当然更谈不上考虑往后怎么办了。从这点来看，孩子们离爸爸要比妈妈远。他从外边回来，经常来不及脱去西装，就站在门槛上默默地看着那聚在一起的孩子。

"又挤在一起啦!"有时，他脚跟一转就往门外跑;有时，他又会连衣服都不换就盘腿坐下来。

"老这样用烫壶焐着是会有碍孩子的健康的。拿出来!先要弄清几岁才用烫壶。"

他什么也不懂，却随便发牢骚，因而有时反而遭到妻子的嘲笑。

孩子一天天长大了，可他从不想着抱一抱。当见到孩子们和妻子挤在一间屋里时，他经常会产生另外一种心情。

"孩子总是为女人所专有的。"

妻子带着惊奇的神色回过头来望着丈夫，她好像从丈夫的话里，突然领悟到自己以往无意中做的事。

"怎么突然说这种没头没脑的话？"

"可不就是如此吗！也许女人是想借此对不称心的丈夫进行报复吧。"

"尽说糊涂话。孩子都亲近我，那是因为你不关心她们。"

"不让我关心的，还是你嘛！"

"随你怎么说吧，说什么都是你有理，反正你能说会道，谁也争不过你。"

健三的确是一本正经的，自己有理也好，能说会道也好，他都没有想过。

"女人心眼多，这可不好啊。"

妻子在床上把身子翻过去朝着另一面，眼泪扑簌簌地落在枕头上。

"别那么欺侮人……"

孩子们看着妈妈的样子，马上也要哭了。健三心里十分难过，他知道自己被征服了，只好对不能离开产褥的妻子说些安慰的话。然而他对此事的看法和表示同情却是两码事。他替妻子擦去眼泪。但这种眼泪不能改变他的看法。

夫妻再见面时，妻子突然指出了丈夫的弱点。

"你为什么不抱抱孩子？"

"因为总觉得抱孩子有危险，如果把脖子什么的给扭了，那可不得了。"

"瞎说！那是你对老婆和孩子缺乏感情。"

"可是你瞧，那么软瘫瘫的，是没有抱惯孩子的男人能插手的吗！"

的确，小婴孩是软瘫瘫的，根本弄不清骨头在什么地方。尽管如此，妻子还是不能同意，她举出了过去长女生水疱时，健三的态度一下子就变了的实例作为证据。

"在那以前，你每天都抱孩子，打生了水疱以后，突然就不抱了，不是吗？"

健三不想否认这一事实，同时也不想改变自己的看法。

"不管怎么说，女人有一套照顾孩子的本事，这是没法代替的。"他深信这一点，感到自己真像因没有这本事而解放出来的自由人。

八四

　　妻子经常从租书店借来小说，躺在床上阅读，借以解闷。那马粪纸封面被弄脏了的书放在枕边，有时会引起健三的注意。

　　"这种书有意思吗？"他问妻子。

　　妻子感到丈夫像在嘲笑她文学水平低。

　　"你认为没有意思，只要我认为有意思，不就行啦。"

　　她意识到自己和丈夫在各方面都存在隔阂，所以不想再说下去。

　　她嫁到健三家来之前，只接触过自己的父亲和自己的弟弟，还有两三个出入官邸的男人。这些人的生活兴趣全与健三不同。她带着从这几个人身上得出来的对男性的抽象认识来到健三这里，发现自己的丈夫是另一种男人，与预料的完全相反。她认为应该确定哪一方是正确的，当然，她会把自己的父亲看作正确的男性代表。她想得很简单，确信自己的丈夫经过社会教育，往后一定会逐步变成自己父亲那种类型的人。

　　然而，与想象相反，健三十分顽固。妻子也尽认死理，两人相互看不起。妻子干什么都想以自己的父亲为标准，动不动就对丈夫有反感。丈夫也因妻子不赏识自己而怀恨在心。顽固不化的健三竟毫不顾忌地把自己看不起妻子的态度公开显露出来。

"那么，你教教我也好嘛，别那么瞧不起人！"

"因为你不想要人教嘛，你认为够有本事的了，既然如此，我就无能为力喽！"

妻子认为谁也不会盲目听从。丈夫也暗中认为妻子终归是不堪诱导的。夫妻之间打老早起就反复这么斗嘴。正因为是老问题，所以总得不到解决。健三厌烦似的，把磨损了的租借书往下一扔。

"我并不是不让你看，随你的便吧！不过，还是不要用眼过度为好。"

妻子最喜爱缝纫，如果晚上睡不着，不管一个钟头还是两个钟头，总在油灯下细心地穿针走线。生头一个和第二个女儿时，凭着年轻姑娘那股劲，不需多长时间，就能缝好一件衣服，因此视力损害甚大。

"是啊，拿针有伤身体，看看书该不要紧吧，而且也不是连续不断地看。"

"可是，最好别等到眼睛看累了，否则，往后会作难的。"

"什么呀，不要紧。"妻子还不到三十岁，不太懂得过分劳累的意思。她笑了笑，不再搭腔了。

"即使你不作难，我也会作难的。"

健三故意说了这么一句自私的话。每当看到妻子不顾他的提醒时，他就总想说这种话。妻子把这看成是丈夫的又一种怪癖。

相反，他做笔记的字体却越来越小了。最初像苍蝇头那么大的字，慢慢地缩得只有蚂蚁那么大了。为什么非写那么小不可呢？他根本不考虑这些，只顾不停地移动那支钢笔。黄昏时节的窗下，阳光微弱，昏暗的油灯放出暗淡的光，可他只要有空，就不惜自己的视力。他只是提醒妻子，却不知告诫自己，而且不认为有什么矛盾。看起来，妻子好像也不在意。

八五

妻子能起床时，冬季已经在他家荒凉的庭院里开始锥立霜柱了。

"太荒凉啦，今年比往常要冷哩！"

"因为你亏血，才有这种感觉吧。"

"也许是这样吧！"妻子这才注意到了似的，两手伸向火盆，看着自己手指的颜色。

"用镜子照照，连自己的脸色也都能看得一清二楚。"

"嗯，这，我知道。"她缩回伸在火盆上的手，把自己苍白的脸摸了两三次，"可是，今年冷终归还是冷吧！"

健三认为妻子没有听懂自己的话，实在可笑。"这还用说，冬天嘛，哪有不冷的。"他这么笑话妻子。其实，他自己比别人更加怕冷。特别是最近天气冷，身体受到了严重的威胁。他只好在书斋里摆上一个被炉，防止寒气从膝下渗到腰身上来。也许是神经衰弱才有这种感觉的，可他根本没有考虑这些。在不注意自己身体这一点上，他和妻子没有区别。

妻子每天早晨送走丈夫之后，才进行梳理，手里总留有几根长头发。她每次梳头都带着惋惜的心情，凝视着绕在梳齿上的脱发。

这对她来说，似乎看得比亏血更为重要。

"我虽然孕育出了新的生命，但换来的却只能是日益衰老。"她心里微微地涌出了这种感想，然而她不具备把这种感想归纳成言论的头脑，而且在这种感想里掺杂着建立了功绩的自豪和受到了惩罚的怨恨。但不管怎么说，她把爱完全寄托在新生的孩子身上了。

她能把软瘫瘫、不好对付的小婴儿巧妙地抱起来，用自己的嘴唇去吻那圆胖的脸蛋。这时，无须分说，她会感到从自己身上分离出来的孩子，怎么说也是自己身上的肉。她把孩子放在自己身旁，坐到了裁衣案板跟前，但又不时停下手里的活，担心似的朝下望着睡得很暖和的孩子的脸。

"这是谁的衣服？"

"还是这孩子的。"

"用得着这么些吗？"

"嗯。"妻子只顾默默地飞针走线。

健三终于发现了似的，望着摆在妻子腿上的一大块花衣料。

"这是姐姐送的礼物吧？"

"是的。"

"真是多余。既然没有钱，就别兴这一套嘛。"

姐姐心想：如果不从健三给的零用钱里分出一些来买这么件礼物，总觉得过意不去。健三却不理解姐姐的心情。

"这跟我自己花钱买，有什么不同。"

"可姐姐认为这是对你应尽的情理，又有什么办法！"

姐姐是个过分恪守人间情理的女人，收了人家的东西，总是煞费苦心地要送更多的回礼。

"真不好办啦，老是念念不忘情理、情理。可究竟什么是情理？她根本不懂。与其讲究这种形式，不如留心别让比田借走自己的零用钱，岂不更好。"

每当谈起这种事，妻子就显得特别不在意，也不勉强为姐姐辩护。

"反正往后还得有所表示，就让它去吧！"

健三去拜访别人时，几乎从来不带礼物。尽管如此，他还是带着不可理解的神态，目不转睛地望着妻子腿上那块薄毛织品衣料。

八六

"难怪有人说，大家都愿意往你姐姐家送东西呢。"妻子望着健三的脸，突然说出了这么一句话。

"那是因为都摸清了她的习惯，人家给她十，她会还十五。听说大家送东西都是抱着这个目的去的。"

"即使用十五还十，至多不过是五角变成七角五嘛。"

"对他们那种人来说，这就够多的喽！"

从旁人看来，健三只会沉醉于作小字笔记，至于人世间还存在那样的人，他是根本不会考虑的。

"搞交际太麻烦啦！从开始起就感到无聊。"

"从旁边看是无聊，但一旦遇上那种场合，那也没有办法！"

健三在想：最近自己是怎么把从别处得到的三十圆钱花光的。约在一个多月之前，他受一位朋友之托，为他办的杂志写了一部长篇[①]。在此以前，他除了作小字笔记之外，没有再干别的事。这部长篇对他来说，只不过是从不同的角度动脑筋的最初尝试。他只是把兴趣凝集在笔尖上进行写作，却根本没有想过报酬。当约稿的人把稿酬放到他面前时，他对这意外的收获感到高兴。

一直为自己的客厅显得很煞风景而苦恼的他，连忙跑到团子坡专做硬木家具的木匠那里，定做了一块紫檀挂匾，把朋友从中国大陆带回来送给他的北魏二十品的拓本，选了一幅嵌在里面，然后挂在壁龛里，还用细长的斑竹做了一个环围着这匾额。也许因为竹子是圆的，贴不紧墙壁吧，即使没有震动，看上去匾额也是歪的。

他又从团子坡下去，来到了谷中，从那里的陶器店买来一个花瓶。这是一个红色的花瓶，里面为淡黄色，绘有粗大的花草，高一尺有余。他立即把花瓶摆在壁龛里，大花瓶与摇晃着的小匾额摆在一起，显得很不相称。他带着有些失望的目光，望着这不协调的搭配，心里却认为总比什么都没有要强。对没有时间去讲究兴趣的他来说，只能在不满足中求满足。

他又到本乡街的一家绸缎庄去买衣料。他对纺织品可是一窍不通，只从掌柜拿给他的料子中胡乱挑选了一种。这是闪闪发亮的碎花白绸子，在一无所知的他看来，认为发亮的要比不发亮的好。掌柜说他可以做一套礼服和一件和服，于是，他抱了一匹伊势崎绸②出了布庄。其实他连伊势崎绸的名称都从未听说过。

他买了这么些东西，却根本没有想到旁人，连新生的孩子都没有放在心上。他把比自己生活还要艰难的人忘个精光，与特别重人情的姐姐相比，他丧失了对可怜人应有的善意。

"那种即使吃亏，也要竭尽情理的人，当然是伟大的。可姐姐是天生的追求虚荣的人，有什么办法，别那么伟大反倒更好。"

---

① 指为高浜虚子(1874—1959)的杂志《子规》写的长篇小说《我是猫》。
② 群马县伊势崎出产的一种丝绸料子。

"难道没有一点亲切感吗?"妻子问。

"这该怎么说呢!"健三不得不想一想,姐姐无疑是有亲切感的女人,"也许是我自己不近情理吧!"

八七

这次的对话又给健三的记忆增添了新的色彩。就在这时候，阿常第二次来看望他了。

她粗俗的穿着，与上次见面时大致相同，也许随着天气转冷，又添了棉背心什么的吧，身子比上次显得更加肥胖了。健三连忙把待客用的火盆向她推了过去。

"别客气，不要紧，今天暖和多啦。"

透过嵌在拉门上的玻璃，可以看到外面暖融融的微弱的阳光。

"您上了年纪，反倒越来越胖了。"

"嗯，托福。身体还挺好的。"

"那就好。"

"只是家境一天不如一天。"

健三对晚年发胖的人的健康表示怀疑，至少感到不自然，令人有些担心。

"她是不是还在喝酒？"他心里这么推测。

阿常身上的衣服全都旧了，那和服和短褂不知泡过多少次水，但总算还有些丝绸的亮光，只是显得硬邦邦。无论穿得多么旧，都要拆洗干净，单从这一点就可以看出她的性格来。健三望着她那又肥胖又寒碜的背影，就明白她的生活状况跟她说的差不多。

"无论往哪里瞧，尽是为难的人，真不好办呀！"

"像你们这种人家都为难的话，世上的人就没有不为难的了。"

健三无心辩解，他随即想到："此人也许认为我身体比她好，就好像认为我比她有钱一样。"

其实，最近健三的健康情况并不好。他自己逐步意识到了这一点，只是没有找医生看，也没有向朋友讲，光是自己忍着痛苦。但一想到身体的前景，就会心烦意乱。有时他认为是别人把自己弄得这般虚弱的，却没有人来同情，心里很生气。

"也许人家认为我年轻，只要起居没有什么不便，就算是健康的。正像认为我住着单门独院，甚至还使用女仆，就一定很有钱一样。"

健三默默地望着阿常的脸，有时也欣赏一下刚装饰在壁龛里的花瓶和上面的挂匾，心里还想到最近就可以穿上发亮的衣料。奇怪的是：为什么对这位老太婆就不能产生同情心呢？

"说不定是我自己不近情理。"他曾在对姐姐的看法上作过这种反省，现在又在心里重复了一遍。可是，却得出了"不近情理又怎么样"的结论。

阿常谈了许多关于同她一起生活的女婿的事，跟世之常情一样，女婿的本事是她最为关注的。她所谓的本事，就是指每月的收入。在她看来，决定一个人的价值，主要是钱，除此以外，在宽阔的世界上，再也找不到别的什么了。

"说来说去，还是因为收入太少，有什么办法。再多挣一点就好啦！"

　　她在健三面前，不说自己女婿太笨，也不说他无能，只说每月付出的劳力和收入的多少。正如只顾用尺子量衣料的尺寸，却根本不管花色和质地一样。可是不凑巧，健三做的是另一种买卖，他不愿用这个尺度来衡量自己，对她的满腹牢骚，不得不冷漠相待，置若罔闻。

八八

到了适可而止的时候，他起身走进书斋，拿起放在桌子上的钱包，悄悄地把里面再清查了一下，发现一张五圆的钞票。他拿着钱又回到了客厅里，放在阿常面前。

"很对不起，请用这点钱雇辆车回去吧！"

"让你这么费心，实在抱歉，我可不是为了这个才来的。"她一边推辞，一边把钱揣进了怀里。

健三给零用钱时所表示的意思跟上次一样。阿常接钱时所说的话与上次也完全相同。而且说来也巧，连五圆的金额也都一致。

"下次再来时，如果没有五圆钞票，又该怎么办？"

健三的钱包里就这么点钱，经常不得充实，这一点只有钱包的主人最清楚，阿常是不会知道的。当他预想到阿常第三次来，还得第三次给她五圆钱时，一下子弄得不知如何是好了。

"我总觉得往后她每来一次，就得给五圆钱似的，这不是跟姐姐讲究不必要的情理一样么！"

正在使熨斗的妻子，觉得此事与己无关似的。她停住了手中的活，说："没有钱的时候，不给不就行啦，没有必要图那个虚荣嘛。"

"没有钱还给什么，我当然知道没法给喽！"

两人的对话马上中断了。这时，只听到把熄炭从熨斗里倒进火盆去的声音。

"怎么今天你的钱包又装有五圆钱呢？"

健三购买与壁龛不相称的红色大花瓶，花了四圆多；定做挂匾，又花了约五圆。当时，他还盯着那漂亮的紫檀书柜，木匠说把价让到一百圆，问他买不买？他像宝贝似的从怀里掏出了不到二十分之一的定金，交到了木匠的手里。他还买了一匹发亮的伊势崎绸，花了十圆多。从朋友那里得来的稿费就这么花掉，到后来仅剩下这一张沾有手垢的五圆钞票了。

"其实，还有东西想买哩！"

"你打算买什么呀？"

健三在妻子面前没法举出那特殊的东西的名称来，只是说："多着哩！"

他的话很简单，却包含着无限的欲望。与丈夫爱好不同的妻子，也懒得刨根究底，便向他提出了另一个问题。

"那老太婆比起你姐姐来，要沉着得多，如果她与那个叫岛田的在这里碰上了，该不至于像过去那样吵架吧。"

"没有碰上算是走运。两个人同时在客厅里见面试试看，那才叫人受不了呢。即使分开来单独见面，也是够受的。"

"如今还会吵架吗？"

"吵架也许不至于吧，可我很讨厌。"

"他们两人彼此都不知道对方单独来过这里吧。"

"怎么啦？"

岛田从来不提阿常的事。阿常也出乎健三的预料，对岛田的事一点不谈。

"那老太婆也许比那老头要好。"

"怎见得？"

"因为得了五圆钱就悄悄地走了呀！"

岛田每来一次要求就高一次，与此相反，阿常的态度倒是不同于往日。

八九

没过几天，好女色的岛田又出现在健三的客厅里，健三很快联想到阿常，他们夫妻既然不是天生的仇敌，就肯定有相处很好的往日。当时不管人家怎么叫他吝啬鬼，终归还是攒了钱，那是何等的快活，又是多么充满了对未来的希望啊！可是，作为他们和睦相处的唯一纪念物——那笔钱不翼而飞之后，他们对自己梦一般的过去，究竟又怎么看呢？

健三差一点要向岛田谈起阿常的事。可是，岛田的脸上露着对往日毫无感觉的神态，迟钝得好像把什么事都忘了似的。往日的憎恨、旧时的热爱，看起来，这一切都和当时的金钱一起，从他的心灵中消失了。

他从腰里摸出烟盒来，把烟丝装进烟袋锅里。在敲烟灰的时候，用左手心接着烟管，没有直接敲在火盆边上。烟管里像积满了烟油，吸起来发出嗞嗞的声音，他在自己怀里乱摸了一通，然后才对健三说："能给一点纸吗？烟管不巧堵住了。"

他把健三给的日本纸撕开，做成小纸捻，用它把烟管捅了两三遍。他干这种事是最拿手不过的。健三默默地望着他的手法。

"快到年底了，你一定很忙吧。"他一边高兴地把疏通了的烟管嘶嘶地吹了吹，一边这么说，"我们的行业没有年底和年初之分，一年到头都是一个样。"

"那可是好。一般人还做不到这个样哩！"

岛田正要往下说，孩子在后屋里哭开了。

"哦，像是小宝宝嘛。"

"是的，最近刚出生。"

"那可是大喜呀！我一点都不知道。是男孩，还是女孩？"

"女孩。"

"哦哦，恕我冒昧，这是第几个呀？"

岛田只顾问这问那，根本没有注意回答这些问题的健三心里在想什么。

出生率一增加，死亡率也会增加。四五天前，健三看到外国杂志刊载着对这种统计的评论。当时，他在琢磨一件怪事："在什么地方生了一个孩子，就会在别处死去一个老人。"这并非理论，也不是空想。

"也就是说，为了有个替身，有人非死不可。"他的这一观念像梦一样模糊，又像朦胧的诗句浸进了他的头脑。如果要用理解力深追下去，不弄明白不罢休的话，那么，可以说这个替身无疑就是孩子的母亲，其次是孩子的父亲。可是，眼下健三还不想走这一步，只是两眼有意地注视着自己面前的老人。这老头几乎不懂得人活着的意义，作为替身，无疑是最合适的。

"此人怎么会这般健康呢？"健三根本不顾这种想法多么冷酷无情，因为他自己的健康状况不如一般人，而老人只当与己无关，所以感到心里有气。

这时，岛田突然对他说："阿缝终于还是死了，丧事已经办完了。"

从脊髓炎病来推测，虽然早知道她性命难保，可是，当再提起此事时，健三又突然觉得她太可怜。

"是吗，怪可怜的啊！"

"那种病是难以治好的。"岛田处之泰然，像把死看作理所当然的事似的，嘴里还吐着烟圈。

九〇

然而，对岛田来说，这个不幸的女人的死，带来的经济上的影响，要比人死的本身重要得多。健三估计这必将成为事实，很快会出现在他面前。

"你一定得听我说说这件事，要不，我就无法可想了。"

岛田一直望着健三的脸，显得很紧张。健三无须听下去，也就料到他要说什么。

"又是钱吧。"

"嗯，是这样。阿缝一死，柴野和阿藤的关系也就断了，这就没法像过去那样，每月让人家给钱了呀！"岛田的话虽说粗俗，却很诚恳，"过去，光说金鵄勋章的养老金吧，总是不断地寄给我们的呀，这笔钱一下子没有了，那就完全失去了指望，弄得我毫无办法。"接着，他又换了个口气，"反正到了这个地步，除了你，没有别的人来管我。因此，你如果不设法帮我的话，就不好办了。"

"老是这么来缠着人家，我也不好办。再说，如今已没有任何理由，非要我这么做不可呀！"

岛田死盯着健三的脸。他的眼睛里带着一半试探对方，一半威胁弱者的那种神态，可这只能使健三更加激动。岛田根据健三的态度，知道有僵下去的危险，连忙把问题分开来，先从小处说起："那么长时间的事，往后再慢慢说，先想法应急吧。"

健三不知道他们之间有什么急事。

"这个年总得过吧？哪家到了年底，不凑出一二百圆钱来呀，这是当然的事嘛。"

健三听了，心想爱怎么过就怎么过吧。

"我可没有那么些钱。"

"别开玩笑，住着这么大的院子，还凑不出这点钱来，能说得过去吗？"

"你认为有也好，没有也好，我没有就只能说没有。"

"那就由我来说吧，听说你每月有八百圆的收入。"

健三对这种无理的讹诈，与其说愤怒，不如说吃惊。

"八百圆也好，一千圆也好，我的收入是我的收入，与你无关。"

到了这个地步，岛田也就不作声了。看来，他没有料到健三会这么回答。他头脑简单，除了死乞白赖，对健三却是无可奈何。

"这就是说，不管怎么困难，也不肯帮我的忙喽。"

"是的，分文不给！"

岛田站起来，走到脱鞋地方。他打开拉门，又把它关上，然后再次回过头来，说："我再也不来了。"

他留下的这句话，带有这是最后一次的口气。健三站在门槛上朝下看去，在昏暗中，能清楚地看出老人眼睛里放出的光，只是看不出有任何凄凉、恐惧和可怕的神色。健三自己眼睛里放出了气愤的光，用这种光把老人的挑衅顶回去，那是绰绰有余的。

妻子在远处偷看着健三的神色。

"究竟怎么啦?"

"随他去吧!"

"还会来要钱吗?"

"谁给他!"

妻子一边微微笑,一边偷偷地看着丈夫。

"那老太婆要得少,隔得久,不断线,倒也放心。"

"就说岛田吧,也不会就此了结的呀!"

健三冒出了这么一句,脑子里在猜测下一幕还会演什么戏。

九一

　　此时，他不得不把沉睡中的记忆唤醒过来。他首次用处在新环境中的人的那种锐利目光，去仔细分辨自己被领回家后的往事。

　　对生父来说，健三只是一个小小的障碍物。父亲几乎不把他当儿子看待，总是板起面孔，认为不该领这么一个废物回来。这种态度和以往截然不同，使健三对生父的感情连根枯竭了。过去生父当着养父母的面对自己始终面带笑容，现在却把他当作包袱，待他十分刻薄。这一对比，他先是感到奇怪，接着就是讨厌。可是他还不懂得悲观。他那股随着发育而产生出来的朝气，任你怎么压制，还是会从下面硬顶着抬起头来。他终于没有产生忧郁，就那么过来了。

　　父亲有好几个孩子，毫不关心健三。父亲认为：既然往后不想得到孩子的好处，即使花一分钱也很可惜，因为是自己的亲生子，才不得已领了回来，可除了给饭吃之外，还要给予照顾，那就太吃亏了。

　　更主要的是：人虽说回来了，户籍并未复原。不管在自己家里如何精心抚养，必要时，人家又会把他带走，到时只能落个一场空。

　　"要给饭吃，那是没有办法的事，不得不给。除此以外，我就管不着了，理该由对方负责。"这就是父亲的理由。

岛田也不愧为岛田，他只顾从自己方便出发，坐观事态的发展。

"什么呀，只要先把人放在他自己家里，终归是好事嘛，等将来健三长大成人可以干点事了，那时候即使打官司，也要把他夺回来。这不就行啦！"

健三既不能待在海里，也不能住在山上。两边把他推来推去，他在当中打转。与此同时，他既吃海味，也拿山货。

无论从生父来看，还是从养父来看，都不把健三当人，只不过当作一件东西。只是生父把他看作破烂货，而养父却盘算着往后还会有点什么用处罢了。

"既然要把你领回来，杂工之类的事还是要让你干的，就做好这种思想准备吧。"

有一天，健三去养父家，岛田不知为什么顺便这么谈起。健三吓得连忙往回跑。一种残酷的感觉，使孩子的心灵产生了轻微的恐俱。他记不清当时他是几岁，但决心通过长期的学习，一定要使自己成为社会上顶天立地的人的这一欲望也正是在这个时候暴芽露头的。

"要我当什么杂工，那可受不了。"

他心里反复念叨这句话。幸而这话没有白念叨，他总算没有当杂工。

"可是，今天我又是怎么成功的呢？"

他想到这里，感到怪不可思议。这种想法也掺杂着同自己周围的人巧妙地斗争过来的那种自豪感。当然，其中也包含着自鸣得意，因为他把未竟的事业看作大功告成了。

他把过去和现在作了比较，只是怀疑过去怎么发展到了现在，却没有考虑自己正为现在作难。

他与岛田的关系破裂了，这是托现在的福；他厌弃阿常，没有与姐姐和哥哥同化，都是托现在的福；与岳父越隔越远，无疑还是托现在的福。可是从另一方面来看，自己处在现在这个和谁都合不来的境地，又显得多么可怜！

九二

"反正哪里也没有你中意的人，世上的人全都是笨蛋。"妻子对健三这么说。

健三心里很不平静，对这种讽刺没法一笑了之。周围的事物使他这个缺乏气量的人，生活圈子日益狭小了。

"你认为人只要顶用就行，是不是?"

"可是，不顶用，也没有什么关系嘛。"

岳父倒是个顶用的人，内弟的性格也唯独在这方面显得很灵活。相反，健三生来就与实际生活相隔甚远。他连搬家都帮不了忙；大扫除的时候，只能袖手旁观；就是捆一件行李，也不知麻绳该怎么扎法。

"尽管是个男子汉。"

他不会办事，旁人看上去，他迟钝得像个笨蛋。他越来越不会办事了，自己的才能日益转向了另一个方面。

他曾经有一个想法，打算把内弟带到自己住过的遥远的乡下去进行教育。健三看来，这个内弟是多么傲慢，他在家里横行霸道，对谁也不客气。请来一位理学士，每天在家里给他复习功课，他在人家面前大模大样地盘腿而坐，直接称呼那位理学士为某某君某某君。

"那样不行，交给我吧，我把他带到乡下去进行教育。"

健三的要求得到了岳父的默许，岳父也就此扔下不管了。看上去，岳父尽管瞧着自己的儿子在眼前放肆胡作非为，却并不为其未来担心。不光是岳父，岳母也处之泰然，妻子更是根本不放在心上。

"如果到了乡下，与你发生什么冲突，关系就会弄僵，往后更不好办。我看不如就这样算啦！"

健三认为妻子的意见并非全是谎言，但感到其中好像还有别的意思。

"他不是笨蛋，不用那么帮助，也不要紧。"

健三根据周围的情况，察觉到不同意他这么做的真正用意，原来就在这里。

的确，内弟不是笨蛋，甚至可以说他聪明过度。这一点健三也很清楚，如果把他对内弟的教育，看成是为了自己和妻子的未来，那就大错特错了。遗憾的是，这一点至今还不能得到岳父岳母以至妻子的理解。

"光是顶用并非才能。连这一点都不懂，你怎么活啊？"

健三说话总是倚仗着丈夫那点权势。受到了伤害的妻子，脸上明显地显露了不满的神色。

等心情平静下来，妻子又对健三说："别那么一说话就盛气凌人，讲得更明白一点，让人家一听就懂不好吗？"

"讲得明白些吧，又会说我光讲大道理。"

"所以要讲得更好懂一些呀，别讲那种我不懂的深奥的道理嘛。"

"那是怎么也讲不明白的，等于限定人家不要用数字做算术一样。"

"可你那些道理，是用来压倒人家的，除此以外，让人没法理解。"

"你的脑筋不好，所以才那么认为的。"

"也许是我脑筋不好，可用没有内容的空洞的道理来压人，我也很讨厌。"

两个人又在同样的圈子里开始转开了。

九三

　　妻子面对着丈夫，感情却不融洽，这时她不得已转过身去，看着睡在那边的孩子。她若有所思地随即把孩子抱起来。

　　她和那章鱼一般软瘫的肉块之间，既不存在理论的障碍，也没有隔着墙壁，她所接触到的完全是自己肉体的一部分。她为了把温暖的心倾注在新生儿的身上，毫不顾忌地嘴对嘴地亲吻那小生命。

　　"即使你不属于我，这孩子可是我的。"从她的态度就能清楚地看出这种想法来。

　　新生儿的相貌还看不明显，头上一直没有长出像样的头发来。说句公道话，怎么看也像个怪物。

　　"真是生了个怪孩子呀！"健三说出了心里话。

　　"哪家的孩子刚出生都是这个样的嘛。"

　　"也许不至于尽是这样吧，应该生得更像样一些嘛。"

　　"往后你瞧着吧！"

　　妻子说出了这种满有信心的话。健三可是没有什么把握，他只知道妻子为了这孩子，晚上不知要醒来多少次；也很清楚妻子牺牲了紧要的睡眠，却从来没有不高兴过；他甚至弄不懂为什么母亲比父亲更加疼爱孩子。

四五天前，来了一次稍强的地震，胆小的他连忙从檐下跑到了院子里。当他再回到客厅的时候，没想到妻子当面指责他说："你太不通情理了，只顾保住自己，就不管别人啦！"

妻子不满他为什么不先想到孩子的安危。健三是一时的慌乱而产生的行动，做梦也没有想到会遭到这样的批评，所以大为吃惊。

"即使在那种时候，女人也会想到孩子吗?"

"当然喽！"

健三感到自己多么不通情理。然而，眼下妻子抱着孩子，像把孩子据为己有，他反而对妻子冷眼相看，心想："不懂道理的人，任你怎么开导，也是无济于事的。"

过了一会，他的思维又展开得更大了，从现在延伸到了遥远的未来。"将来这孩子长大了，肯定要从你身边离去的。你也许认为即使离开了我，只要能与孩子融合在一起就够了，可这是错误的。走着瞧吧！"

在书斋里冷静下来之后，他很快又产生了这种带科学色彩的感想。

"芭蕉结了果实，其主干第二年就会枯萎，竹子也同样如此。在动物当中，为产子而生，或是因为会死而产子的，真不知有多少！人，虽说进展缓慢一些，但仍然要受与此相符的规律的限制。母亲既然一旦牺牲了自己的一切赋予孩子以生命，就必须牺牲其余的一切来保护孩子的生命。如果她是受天命而来到这人世间的，那么，作为报酬，独占孩子也是理所当然的。与其说这是故意而为，不如说是自然现象。"

他考虑了母亲的立场，也考虑了自己作父亲的立场。当他想到这与母亲的立场有什么不同时，又在心里对妻子说："你有了孩子，真是幸福，而在享受这种幸福之前，你已经作出了很大的牺牲，往后不知还要付出多少牺牲，你现在还察觉不到。也许你是幸福的，但实际上你是很可怜的！"

九四

日子越来越接近年终了。呼啸的寒风中，细小的雪片在纷纷地飘。孩子们一天要唱好几回"再过几夜正月到"①的儿歌，她们的心跟嘴里唱的歌一样，充满了对即将来临的新年的期待。

健三待在书斋里，不时地停住手中的钢笔，侧耳倾听她们的歌声。他想到了自己同样有过这种年代。

孩子又唱起了"年三十老爷就发愁"②的手球歌。健三苦笑了。可是，这与自己目前的情况并不完全吻合。他所苦恼的只是堆在桌子上的那一二十捆四开日本纸的答卷，需要一张一张地加紧往下看。他一边看，一边用红墨水在纸上划杠打圈，加三角符号，再把一个个的数字摆好，费尽工夫作出统计来。

写在日本纸上的铅笔字都很潦草，在光线暗的地方判卷，许多地方连笔划都分不清楚，有时还会出现因乱改乱涂而无法辨认的地方。健三抬起疲劳的眼睛，望着那厚厚的一堆，难免灰心丧气。"佩内洛普的活"③这句英文谚语，他不知念叨了多少遍。

"到什么时候也处理不完啊！"他经常停下笔来长吁短叹。

可是，他身边还有不少处理不完的事。这时妻子又拿来一张名片，他不得不带着疑惑的神态看着那张名片。

"那是什么？"

"说是想就岛田的事见见你。"

"就说我眼下没有空，请他回去吧。"

妻子去后不久，又转身回来说：

"人家说，什么时候可以再来，要你定一下。"

健三难以说定，直望着高高地堆在自己身旁的答卷。

"怎么说好？"妻子只好催促他。

"就说请他后天下午来吧。"健三只好定个时间。

他停下工作，呆呆地抽起烟来。片刻，妻子又走了进来。

"走了吗？"

"嗯。"

妻子望着摊放在丈夫面前、标有红色记号的脏卷子。丈夫要仔细地批阅这堆答卷，这种难处妻子是无法想象到的，正像健三不了解她夜里的辛苦，不知要为孩子起来多少回一样。

她把其他的事先置之度外，坐下来就问丈夫：

"不知他又打算来说点什么？真讨厌。"

"还不是要说年底该怎么办吗？你真糊涂。"

妻子认为已经没有必要再与岛田打交道。健三心里却反而倾向

---

① 此儿歌的歌词是："再过几夜正月到，正月里呀好热闹，陀螺转，风筝飘，盼着正月快快到。再过几夜正月到，正月里呀好热闹，毽子飞，手球抛，盼着正月快快到。"

② 关东地方孩子们玩球时唱的歌，歌词是："正月里来好自由，竖松门，挂青竹。孩子们很高兴，老人们最担忧。一到年三十，老爷就发愁……"

③ 佩内洛普是英雄奥德修斯的妻子，守节二十年，等丈夫出征回来，在家缝织征衣，白天织，晚上拆。事见古希腊史诗《奥德赛》。这里用来比喻无止境的无效劳动。

鉴于过去的关系，至少要给他一点钱。可是，没有机会谈及这件事，话题就转到别的方面去了。

"你娘家怎么样？"

"可能还是很困难吧。"

"铁路公司经理那个差事还没有办好吗？"

"虽说可以办妥，但根本不像这边预计的情况那么好。"

"这个年底也很难过吧？"

"很难过。"

"不好办吧！"

"不好办也没有法子呀，这完全是命中注定的！"

妻子比较沉得住气，看起来，她好像对什么事都能想得开。

九五

那个递来名片、却并不熟悉的人，按照健三指定的日期，隔了一天之后，又出现在健三的大门口。这时他正用劈裂了的钢笔尖，在粗糙的日本纸上不是打圈，就是划三角，忙着加注各种符号。他的手指多处沾上了红墨水，没有洗手，就来到了客厅里。

为岛田而来的这个人，与上次来的吉田相比，稍许有些不同。但在健三看来，两者几乎没有区别，都是属于另一种类型的人。

来人身穿短大褂，系着丝织的腰带，脚穿白袜子。他那副既不像商人，又不像绅士的打扮和使用的语言，使健三联想到当管家的人的人品。来人在未说明自己的身份和职业之前，突然问健三："你还认识我吗？"

健三吃惊地望着来人，他脸上没有任何特征，最多不过是带有一直忙于家务的那种神态。

"不太认识！"健三答道。

来人以胜利者自居似的笑了起来。

"是呀，也该到忘记的时候了。"来人停了一会又补充说，"尽管如此，可我还记得那时叫你小少爷、小少爷的事哩！"

"是吗？"健三冷漠地回答了一句，直盯着来人的脸。

"怎么也想不起来了吗？好吧，我来告诉你。过去岛田先生经办管理所的时候，我是在那里工作过的。还记得吧，你调皮，用小刀割了手指，不是痛得大喊大叫吗？那小刀是放在我的砚盒里的呀，当时打来一盆冷水冰你手指的，就是我呀！"

这件事健三至今仍记忆犹新。可是，坐在自己眼前的这个人当时的模样，他怎么也想不起来了。

"就是因为那时的关系，这回岛田先生又要我替他走一趟。"他马上转入了正题，而且正如健三所料，提出了钱的要求，"因为他说过不再到府上来了的话。"

"前不久，他回去的时候是这样说过的。"

"那么，你看怎么样，这回来一个彻底解决好不好？否则，免不了什么时候还会来找你麻烦的。"

对来人认为出了钱就能省去麻烦的说法，健三并不感到高兴。

"任他怎么牵连着，也算不上麻烦，反正世上的事尽是彼此牵连着的。算了吧，虽说是麻烦事，但比起出不应该出的钱来，我反而更加心甘情愿不出钱忍着麻烦。"

来人沉思了片刻，露出了为难的神色。然而，他再开口说话时，却道出了意想不到的事。

"这件事你也知道吧，脱离关系的时候，你给岛田写的字据，现在还在他手里呢。趁此机会，给他凑几个钱，把那张字据换回来不好吗？"

健三记得确有这么一张字据，他被领回到自己家里来的时候，岛田要求健三本人留一张字据。生父出于无奈，就对健三说："怎么写都行，给他写一张吧！"健三不知写什么好，不得已拿起笔来，写了那么两行多字，意思是：这回脱离关系，往后互相不要做无情无义的事。就那么给了对方。

"那东西跟废纸一样，他拿在手里也不起作用，我要回来也没有用。如果他认为可以利用的话，任他怎么利用好了。"

这个人为兜售那张字据而来，这更加激起了健三的反感。

九六

　　话不投机，来人也就不再说了。过了一阵，他又伺机把同样的问题提了出来。他说话杂乱无章，也不是"理不通诉诸情"的样子，只是充分暴露了只要给东西就行的企图。健三没完没了地陪着他，后来实在厌烦了。

　　"如果说要我买字据，或者说如果怕麻烦那就出钱，那我只能表示拒绝。若是生活有困难，需要想点办法，而且保证今后不再来提要钱的事，那么，看在过去的情分上，多少凑几个钱，还是可以的。"

　　"是，是，这就是我来这里的本意。可能的话，就请这么办吧。"

　　健三心想："既然如此，为什么不早说呢。"与此同时，来人也露出了"为什么不早跟我这么说"的神情。

　　"那么，能给多少呢?"

　　健三暗自想道：给多少为好，自己难以拿出一个明确的数目。当然，对他来说，越少越好。

　　"好吧，一百圆左右。"

　　"一百圆?"来人重复了一遍，"怎么样，不给三百圆，怕是不行吧。"

"只要这笔钱出得有道理，就是几百圆我也给。"

"那是当然。不过，岛田先生也有他的难处。"

"别说什么难处啦。就说我吧，也有难处呀！"

"是吗？"毋宁说他的语气带有讥笑的味道。

"我曾说过分文不给，即使这样，你也无奈我何。如果一百圆不行，那就算啦！"

对方不得已只好收场。

"好吧，反正我把这个意思原原本本告诉他本人。以后再来，请多关照。"

来人走后，健三对妻子说："终于来啦！"

"他怎么说的？"

"又来要钱。只要来人，肯定是要钱，真讨厌！"

"捉弄人！"妻子并不特别表示同情。

"也是没法子呀！"健三的答话也很简单。他连事情谈到了什么程度都懒得向妻子细说。

"这种事，花的是你的钱，我有什么可说的呢！"

"哪来的钱啊！"健三冒了这么一句，又钻到书斋里去了。那里摆的全是用铅笔涂写的答卷。这些答卷经红笔多处修改之后，仍摊在书桌上等着他。他立即拿起钢笔，把已经涂改过的卷子，再用红墨水涂改一次。因为他担心会客之前和会客之后的心情不同，可能使他判得不公正，为慎重起见，他只好把已经批改过的卷子又重看一遍。尽管如此，三小时前的判分标准和现在的标准是否一致，他心里还是没有把握。

"既然不是神灵，就难免不公正。"

他一边替自己没有把握作辩护，一边迅速地往下批阅。可是，卷子堆得很多，怎么加快速度，一时还是看不完。好不容易把一组看完整理好，又得再打开另一组。

"既然不是神灵，耐心总是有限的。"

他又把钢笔一扔，红墨水像血一样洒在答卷上。他戴上帽子，向寒冷的大街走去。

九七

他走在行人稀少的街上，脑子里尽想自己的事。

"你究竟为什么要降生在这个人世间呢？"

他脑子里的某个部位向他提出了这个问题。他不想就此作出回答，而且尽可能回避回答。可是，这声音在追逼着他，反复提出同样的问题。他最后大叫一声："不知道！"

"不是不知道吧，是知道了办不到，在中途进退两难啊！"那声音在这么嘲笑他。

"责任不在我，责任不在我啊！"健三像逃跑似的加快往前走。

来到繁华街，外界那种忙于准备过年的新气氛，突然刺激着他的眼睛，使他为之惊讶，自己的心情这才起了变化。

商店为了招徕顾客，想尽办法装饰门面。他一边走一边接着往下观看。有时对那些根本与己无关的女人头上的珊瑚装饰和泥金梳篦等，也要隔着玻璃无所用心地看上一阵。

"一到年底，难道世上的人一定得买点什么不成？"

至少他自己什么都不买，幸好妻子也说不要买什么。哥哥、姐姐、岳父，哪一个也不像有余力买得起东西，他们都为过年而作难，其中以岳父最难。

"只要当了贵族院议员，走到哪里别人都会另眼相待。"

妻子向丈夫说明父亲遭人逼债时，曾顺便提起过这件往事。那是内阁倒台的时候，有几个人曾迫使岳父辞职，等他们自己引退时，又把岳父从闲职中拉出来，推荐为贵族院议员，借以向岳父尽一点情意。可是，总理大臣只能从众多的候选人当中选出有限的几个人来，所以毫不客气地勾去了岳父的名字。岳父就这样落选了。那些债主不知根据什么，光是苛刻对待未具保险的人。他们马上逼上门来。岳父离开官邸的时候，曾裁减了用人，而且暂时取消了专用车，后来连自己的住宅都交给了别人。这时他已经束手无策了。如此日积月累，越来越陷入了穷困的深渊。

"搞投机买卖是要坏事的。"妻子这么说，"在当官的时候，做投机买卖的人说可以帮着赚钱，还算过得去。可是一旦罢了官，那些人就不来帮忙了，据说就这样完了。"

"说起来，还是因为不懂行呗，首先连买卖的意思都不懂。"

"你不懂，那是没有办法的事。"

"你说什么呀，我是说如果懂行，做投机买卖的人肯定不敢让你吃亏。真是个糊涂女人！"

健三想起当时就是这么与妻子交谈的。

他突然察觉到与自己擦肩而过的人都是来去匆匆，显得那么忙。他们好像都抱有一定的目的，令人感到好像是在为尽早把事办完而奔波。

有的人根本无视他的存在。有的人从身边走过，稍许看了他一眼。"你太笨了！"偶尔也有人朝他露出这样一副神态。

他回到家里，又重新开始用红墨水笔批改答卷。

九八

过了两三天，岛田委托的那个人又递来名片要求会见。健三认为事到如今，不好拒绝，于是，无可奈何地到了客厅，再次坐在那个受人差遣的人面前。

"您很忙，三番五次前来打搅。"那人谙于世故，嘴上说得好听，态度上并不显得那么特别诚恳。"是这样，我把前不久同您的谈话详细地告诉了岛田先生。他说，既然那样子，也没有办法，钱数就那样也行，只是希望年内能拿到手。"

健三没有这种准备。

"年内？不是只有几天了吗。"

"所以岛田先生才着急的呀！"

"如果有钱，眼下就可以给。可是，没有钱呀，有什么办法呢。"

"是吗？"

两人沉默了片刻。

"怎么样？能不能请您多想想办法。我也很忙，是为了岛田先生才特意来的。"

这是来人自己的事，很忙也好，特意也好，都不足以打动健三的心。

"实在对不起，没法办！"

两人面面相觑，又沉默了一会。

"那么，什么时候能拿到钱呢？"

健三也说不上什么时候为期。

"我再想办法，反正得到来年。"

"我这次来，也是受人之托，总得给一个回话吧。请你至少给个期限。"

"倒也是。那么，就在正月吧！"

健三不想再说什么。来人只得告辞了。

当晚，为了顶住寒冷和困倦，健三让妻子做了汤面。他一边喝着那黏糊的灰色食物，一边跟把盘子放在腿上、坐在一旁的妻子说话。

"又得想办法弄一百圆啦！"

"本来不给也行嘛，你却答应给。这么一来，下一步就难办喽！"

"的确不给也行，可我还是要给。"

这话前后矛盾，妻子听了，马上显出不高兴的神色。

"总不能老是那么固执下去吧。"

"你呀，总是怪别人尽讲大道理，其实，你自己才是个最讲究形式的呢！"

"你才爱讲形式呢，无论什么事，都先来一通大道理。"

"道理和形式是不同的呀！"

"对你来说，是一样的。"

"那么，我来告诉你吧。我不是光把理论挂在嘴上的人。我嘴上说的理论是贯穿在我的手上，脚上，以至全身的。"

"这么说，你的大道理不应该显得那么空洞呀！"

"并不空洞嘛。就像柿饼表面的白霜，是从里面冒出来的，跟在外面沾上一层白糖不同。大道理正好跟柿饼一样。"

对妻子来说，这种比喻仍然是空洞的理论。凡是眼睛见到的东西，如果不紧紧地抓在手里，她是不会承认的。因此她不想与丈夫争论，而且即使想争，也没有这个本事。

"说你讲形式，那是因为你认为不管人内心如何，只要暴露出来的东西被抓住了，就能根据这点来处置人，正像你父亲认为法律只要有了证据，就可以给人定罪一样……"

"父亲没有说过这种事，我也不是那种只顾装饰外表过日子的人，而是因为你平时把人看扁了。"

妻子的眼泪扑簌簌地从眼眶里滚落下来。谈话就此中断。这本与给岛田一百圆的事毫不相干。可这么一来，事情反而复杂化了。

九九

又过了两三天，妻子才出了一次门。

"年底了，我出去走了走亲戚。"

她抱着吃奶的孩子，来到了健三的面前，冻红了脸，在暖和的房间里坐下来。

"你娘家怎么样?"

"没有什么变化。我们那么担心他们，他们反倒挺淡定的。"

健三不便答话。

"问我们买不买那张紫檀木桌子，可我心想那东西不吉利，所以没有答应下来。"

那是一张古色古香的大书桌，桌面用"舞葡萄"树作装饰板，是价值百圆以上的好东西，过去岳父从破产的亲戚手里，把它当债款的抵押品弄到了手。现在又将在同样的命运下，早晚还得让人抬走不可。

"吉利不吉利倒不要紧，只是我们眼下好像还谈不上买那种高档品。"健三边苦笑边抽烟。

"这么说，你不向比田姐夫借钱给那人啦?"妻子说出了这么一句没头没脑的话。

"比田有这种余力吗?"

"有啊,据说比田姐夫今年辞去了公司的工作。"

健三认为这个新消息很自然,但又觉得奇怪。

"因为年纪大啦。可是,不工作不是更加困难了吗。"

"往后怎么样,很难说。但是,据说眼下还不困难。"

比田的辞职,好像是由于过去提拔他的那个董事,与公司断绝关系而引起的。可是,他工作多年,有权拿到一笔钱,所以他的经济状况暂时还算宽裕。

"他今天来对我说,光靠吃老本是不行的。如果有可靠的人,想把钱借出去,他要我帮忙找人呢。"

"哦,他要放高利贷!"

健三想起了比田和姐姐平时一直讥笑岛田为人刻薄的情景,一旦自己的境况起了变化,即使以往瞧不起别人干那种事,现在也全然不顾了。在缺乏反省这点上,可以说姐姐和姐夫跟小孩子一个样。

"不外是高利贷喽!"

高利也好,低利也好,妻子根本弄不明白。

"姐姐说,如果周转得好,一个月总得有三四十圆利息,两人就用这些钱作零星开支,而且往后准备就这么细水长流地搞下去呢!"

健三根据姐姐说的利息多少,在心里盘算他们的本钱。

"弄得不好,连本带利都会赔光的啊,不如别那么贪利,把钱存在银行里,拿与之相当的利息,这样更牢靠些。"

"正因为如此,才说要借给可靠的人嘛。"

"可靠的人才不借钱呢,因为利息太可怕啦。"

"可是，如果按一般的利息，怕是不行吧？"

"如果是那样，连我都不想借啊。"

"听说你哥哥有点作难哩！"

比田向哥哥说明了今后的打算，同时作为开张，要求哥哥借他的钱。

"真糊涂！既然亲自去找哥哥借他的钱，干吗还要我们去找人呢？再说哥哥吧，虽说要钱用，也许不会冒险去借他的钱。"

健三很难过，又感到很可笑。比田那种自己怎么想就怎么干的习气，从这件事就能看得清清楚楚。姐姐在一旁熟视无睹，她的打算也使健三感到奇怪。尽管姐弟血缘相连，但思想根本不同。

"你有没有说我要借钱呢？"

"那种多余的话，我可不说。"

利息是高还是低，姑且不说，健三确实没有考虑向比田借钱。他每月多少要给姐姐一些零用钱，可现在自己又反过来要向姐夫借钱，谁看了都很清楚，这是相互矛盾的。

"不合情理的事，在这世上要多少有多少啊。"他说过以后，突然想发笑，"说来也怪，我越想越觉得好笑。好吧，即使我不借，他也会有办法处理的。"

"嗯，要借钱的人多着呢。不过，他说眼下只要说一句话就可以借。正等着回话呢！"

"正等着回话。"这话使健三更感到可笑。他像忘却了自己似的笑了起来。妻子也认为姐夫等着借钱给丈夫不太合适，可她没有想到这会关系到丈夫的名声，只是认为这事有趣才和丈夫笑了起来。

等可笑的感觉消失之后，又产生了一种相反的感觉。健三不由得想起了与比田有关的不愉快的往事。

那是健三的二哥病死前后的事。病人把自己平时用的一块双面盖的银壳怀表给弟弟看，而且口头禅似的说："往后把这表给你。"年轻的健三没有用过表，当然很想要，正盘算着什么时候才能把这装饰品挂在自己的腰带上，他一想到有那一天，心里就暗自高兴，就那样过了一两个月。

病人死后，他的遗孀当着大家的面，说好要尊重丈夫的遗言，把那只怀表留给健三。这表是故人的遗物，本应作为纪念品留存下来，却不幸押在当铺里。健三显然无力把表赎回来，不过从嫂嫂那里图得个空的所有权，紧要的表并没有到手，就那样过了好几天。

一天，大家碰在一起。席间，比田从怀里掏出那只怀表来。怀表像变了样，磨得铮铮发亮，新表链上又装饰了珊瑚珠子。他装模作样地把表摆在哥哥跟前，说："好吧，我决定把表给你。"

旁边的姐姐也表示了自己的意见，意思几乎和比田所说的一样。

"让你费了心，实在感谢，那么，我收下了。"哥哥表示谢意，接过了表。

健三光是看着他们三个人的表情，没有说话。尽管他就在一旁，三个人却根本没有把他放在眼里。他始终一言未发，感到受了极大的侮辱。他们却处之泰然。健三把他们的举动，视同仇敌一样可恨，弄不懂他们为什么要干那种伤人面子的事。

健三并没有坚持自己的所有权，也没有要求说明情由，只是心里感到讨厌。可以肯定，他对自己的亲哥哥和亲姐姐的厌恶，就是对他们最严厉的惩罚。

"这种事还记得这么清楚吗？你的成见也太深啦！你哥哥听了，一定会吃惊的。"

妻子望着健三的脸，在暗中观察他的表情。健三一动不动。

"成见深也好，不像男子汉也罢，事实终归是事实。如果说要把事实一笔勾销，那就不该那么伤感情。当时的心情如今依然活着。

既然活着就会在什么地方起作用，即使把我杀了，老天爷也会让它复活。这是没办法的事。"

"不借他的钱不就行了吗！"妻子说这话时，心里不光是考虑比田等人，还在盘算自己的事和娘家的事。

一〇一

　　除旧更新的时候，健三以冷漠的神态，注视着人世间在一夜之间所起的变化。

　　"这都是多余的事。是人导演出来的把戏。"

　　的确，在他的周围，不存在除夕，也看不见元旦的气氛，一切都是上一年的继续。他见了旁人，连恭贺新禧的话也不愿说。他觉得与其说那种多余的话，不如待在家里，谁也不见，心里好受得多。

　　他穿着平常的衣服信步出了门，尽可能朝没有新年气氛的地方走去。冬天叶落枝空，田园荒芜，草葺屋顶和涓涓细流，这些景物模模糊糊地映入了他的眼帘，使他对这可怜的大自然失去了兴致。

　　幸而天气晴和，野地里虽然刮着干风，但没有扬起尘土。远处像春天一样，雾霭弥漫，淡淡的日影静静地洒落在他的四周。他故意向没有人，也没有路的荒野走去。霜正在融化，靴子沾满了泥土，他发觉越走越重，才暂时站立不动。他趁这个机会，借作画以排遣苦闷。当然，这张画画得很不像样。这时候写生，反而只能使他生气。他拖着沉重的脚步转回家来。途中，他想起了要给岛田钱的事，突然产生了写点什么文章的念头。

这时，用红墨水笔反复批改脏乱的答卷的工作总算已经完成了。在新工作开始之前，还有十天的时间。他打算利用这十天，于是拿起钢笔，在稿子上写了起来。

身体越来越差，这令人不快的事他心里有数。但对此没有给予重视，而是拼命地写，好像在跟自己的身体过不去，又像虐待自己的健康，更像惩罚自己的疾病。他亏血，既然不能杀人取血，就只好用自己的血来弥补。

写完了预定的稿子，他把笔一扔就躺在铺席上。"啊、啊——"地像野兽吼叫一般。

他把写好的东西换成钱时，没有碰上什么困难就办成了。只是对用什么办法把钱交给岛田好，感到有点难办。他不想直接与岛田见面，也知道对方既然最后留下了不再来的话，就不会到他这里来。看来，怎么也需要一个人从中说合。

"恐怕还得请你哥哥或比田姐夫吧，过去他们就插过手的嘛。"

"是啊，这样做也许最合适，又不是特别难办的事，用不着公开另外找人。"

健三随即向津守坡走去。

"给一百圆？"姐姐很吃惊，似乎觉得可惜，眼睛滚圆，望着健三说，"说起来，还是健弟的面子大，不干那种小气事。相反，那位岛田老爷子，也不是一般的老爷子，他是那样一种恶棍，不给一百圆，怕是没法了却吧。"

姐姐独自嘀嘀咕咕地说出了健三没有想到的话。

"可是，刚过新春，你也真够为难的。"

"真够为难，无非是像鲤鱼顶着急流上呗！"

这时，一直坐在一旁看报的比田才开了腔。然而，他的话姐姐并不理解，健三也没有弄懂。可姐姐却会心地哈哈大笑，使健三反而觉得奇怪。

"说来说去还是健弟有本事，只要想拿钱，要多少就能拿多少。"

"他的头脑，与我们这种人的头脑有些不同，是右将军赖朝公①转世的啊。"

比田尽说怪话。可是，对委托的事，他二话没说就答应了。

---

① 指镰仓幕府的第一代将军源赖朝（1147—1199），据说他的头要比一般人长得大。

一〇二

　　比田和哥哥一起来到健三的家，大致是正月中旬。大街上，用松枝扎的门楼已经拆除，但到处还残留着新年的气氛。两人坐在既无旧岁、也无新春感觉的健三的客厅里，沉静不下来似的，不断朝周围来回张望。

　　比田从怀里拿出两张字据，放在健三跟前。

　　"好哇，这一下总算解决了。"

　　其中一张写明收领了一百圆钱和往后断绝一切来往，文句陈腐，虽看不出是谁的笔迹，但确实盖有岛田的印章。

　　健三一边默读着字据，一边嘲笑"从此往后"和"恐后无凭，立此为据"之类的话。

　　"让你们费心，十分感谢。"

　　"只要让他立下这么一张字据，就不再有事了。若不如此，真不知他要纠缠到什么时候呢？长弟，你说是不？"

　　"可不，这么一来，总算可以安心了。"

　　比田和哥哥的对话，健三并不感激，他只是强烈地感到自己好意地给了岛田一百圆钱，尽管这钱不给他也是可以的。他根本没有考虑借助金钱的力量来避免麻烦。

他默默地打开了另一张字据，那是自己被领回家来时写给岛田的。

"我这次与你脱离关系，由生父付给抚养费，但无情无义的事，往后应尽力避免。"

健三并不完全懂得其中的意思和道理。

"对方是打算硬要把字据卖给你。"

"也就是说用一百圆钱把它买下来。"

比田和哥哥一唱一和。健三懒得插嘴。

两人走了以后，妻子打开摆在丈夫面前的两张字据看了看。

"这一张被虫蛀了。"

"反正是废纸，没有什么用，撕掉它，扔进纸篓里好啦！"

"不要特意撕掉它也可以嘛。"

健三就那么离了座位，等到再见到妻子的时候，他问道："刚才的字据呢？"

"放在柜子的抽屉里了。"妻子这么回答，那种口气像是保存着贵重的东西似的。

健三对她这种处置法，未加责怪，也不想赞扬。

"也算不错啦。那人的事嘛，就这样解决了。"妻子露出放了心似的神色。

"你说什么事解决啦？"

"难道不是吗？既然这么着把字据拿回来，就不要紧啦。往后他想干什么也干不成了，即使来了也可以不理睬他。"

"这一点，过去也是一样。如果你要那么做，什么时候都可以。"

"可是，把过去写下的字据，拿在我们的手里，是很不同的呀！"

"放心了吗？"

"嗯，放心了。因为彻底解决了嘛。"

"还不是根本解决啊！"

"为什么？"

"解决的仅仅是表面，所以我说你是个光顾形式的女人嘛。"

妻子脸上露着不解和反对的神色。

"那么，怎么才算真正解决呢？"

"世上几乎不存在真正解决了的事，事情一旦发生了，就会一直延续下去，只是形式会变为各种各样，使别人和自己都弄不清楚罢了。"

健三说话的语气像往外倾吐一样，显得很难过。妻子一声不响地把小宝宝抱起来。

"哦哦，好孩子，好孩子，你爸爸说了些什么，咱们可是根本不懂啊！"妻子一边说，一边反复亲吻孩子的红脸蛋。

译后记

夏目漱石(1867—1916)是日本明治到大正年间很有声望的作家，在日本近代文学史上占有重要的地位，在日本国内外有着广泛的影响。

鲁迅先生曾经赞赏和翻译过他的作品。因此，我国读者对这位文豪并不陌生。

《路边草》原文作《道草》，含有"蹉跎岁月"的本义，是漱石四十八岁时创作的一部自传体小说，小说从主人公健三自英国留学归来邂逅养父写起，逐步涉及种种人物和事件，最后以付给养父一笔钱，希望借此了却往日的关系而告终结。这不到一年的时间，却反映了漱石三十六岁以前的坎坷经历和人生，对于研究和了解夏目漱石是很有参考价值的。

漱石的父亲夏目直己是封建幕府时代管辖东京某地区的世袭行政警官。一八六八年的明治维新结束了幕府的统治，夏目家也随之衰败下来。漱石两岁时，被父亲送与稍有权势的盐原昌之助为养子，而贪得无厌的养父与能说会道的养母使漱石深感厌恶。漱石七岁时，养父母终因不和而分离，漱石由父亲赎回家来。家里人认为他"不会成器"，他却决心好好学习，使自己成为顶天立地的人，经过努力，终于进了东京大学英文科。毕业后，一度在中学执教，不久与曾任贵族院书记长官的中根重一的长女镜子结婚。三十三岁时，他获得了公费留学英国的机会。回国后，他本想干一番事业，但碰上了种种干扰：妻子患病，经济拮据，养父母不断来纠缠，岳婿俩在感情上存在"鸿沟"，多病的姐姐、滑头的姐夫和穷困的哥哥……漱石感受不到家庭的温暖，反而尝尽了寂寥的滋味。他心神不定，有苦难言，但他总是牺牲自己，胸怀宽大地去对待和处理这些事情。难怪他的学生、著名评论家小宫丰隆在评述《路边草》时指出：漱石先生有惊人的记忆力，他善于回顾"旧心"，改变"新心"，求得"进步"，这就是他能成为伟大作家的秘诀。

译者爱读夏目的作品，但翻译时颇有力不从心之感，尽管再译及时作了修改，仍然难免有不当和谬误的地方，望专家和读者不惜赐教。

译　者

一九八五年春节

一九八六年底重校

图书在版编目（CIP）数据

路边草／（日）夏目漱石著；柯毅文译．－上海：
上海译文出版社，2018.12（2024.2重印）
（夏目漱石作品系列）
ISBN 978-7-5327-7936-9

Ⅰ.①路… Ⅱ.①夏…②柯… Ⅲ.①长篇小说－日
本－近代 Ⅳ.① I313.44

中国版本图书馆CIP数据核字（2018）第227652号

本书根据中央公论社《日本の文学》
1974年6月版译出。

路边草 ［日］夏目漱石 著　　　出版统筹　赵武平
　　　　　　　　　　　　　　　　　责任编辑　叶晓瑶
道　草 柯毅文 译　　　　　　　装帧设计　徐小英

上海译文出版社有限公司出版、发行
网址：www.yiwen.com.cn
201101 上海市闵行区号景路159弄B座
苏州市越洋印刷有限公司印刷

开本890×1240　1/32　印张12.5　插页15　字数145,000
2018年12月第1版　2024年2月第4次印刷

ISBN 978-7-5327-7936-9 / I · 4885
定价：68.00元

漱石枕流，悠悠百年

——纪念夏目漱石诞辰一百五十周年

吴树文

在日本，提到作家夏目漱石，可说无人不知。最常用的一千日元纸币正面曾以夏目漱石的肖像为图案。至于夏目漱石的作品，从袖珍型的文库本到各种开本的文集、全集，始终是书店常备的热门书。而且，儿童读物、青少年读物、知识教养丛书、中老年爱读书目以及各种文学名著书目里，都少不了夏目漱石的作品。

夏目漱石在世四十九年，正是日本明治维新后的四十九年。近代日本确立时期的日本社会中发生的种种社会现象、社会事件乃至明治文明的形式及表现，都在夏目漱石的作品里有所反映和论述。

夏目漱石的出现，使日本近代文学面目一新。在自然主义文学主导文坛、浪漫主义文学席卷文坛的时候，漱石文学独树一帜，摆脱劝善惩恶式的教训主义故事格局，对人间社会洞察细微，连用"讲谈"、"落语"中的传统手法和写生文的技法，针砭日本文明社会的弊端，揭露金钱支配社会的丑恶现象，反映人们内心深处的孤独，可谓嬉笑怒骂皆成文章。漱石作品的读者层次广泛，知识分子尤其青睐，置身其间，倍感亲切。

夏目漱石亦是一位德高望重的文坛领袖。其住所的书斋漱石山房,不啻是当时文人的殿堂。有才能的文学青年和作家,多在漱石的奖掖、薰陶下,成名成家于文坛。作品脍炙人口的芥川龙之介就是其中之一。从夏目漱石致芥川龙之介与久米正雄的一则普通的复信中,足可窥见夏目漱石诲人不倦的形象。对于当时尚未为人所知的两名青年,夏目漱石谆谆告诫,一丝不苟。夏目漱石大概从这两名才情横溢的青年身上感到了一种不祥气氛,遂殷切直言:宜超然于世间文史之评,如牛之强稳有力迈步向前。旨在指出:勿为文坛之区区评价而喜而忧,勿介意世间文士,要努力于己之所见、己之所尚,则佳作必为世间所承认。

其实,此乃夏目漱石一贯之思想。对人也好,对社会也好,夏目漱石极为注重其内在内发的因素,批评明治的日本社会不过是在模仿西欧的外表形态,绝非内在真髓的变革。所以,当日本因在日俄战争中获得胜利而沉浸于自视世界一流强国的兴奋中时,夏目漱石在《三四郎》里借广田先生之口,喊出了日本要亡国。

有人分析说,也许是因为日本尚未真正成为内在内发的国家吧,所以夏目漱石的作品至今在日本盛销不衰,夏目漱石亦始终是超越了时代的日本热门作家。一百年来,漱石文学在日本社会中举足轻重,今后仍会有不同凡响的影响。

夏目漱石生于一八六七年一月五日,旧历是日为庚申。民间流传,生于庚申之日者,名中须带有"金"字,否则成人后多当大盗。于是父母命名"金之助"。翌年,江户幕府倒台,日本改年号为明治,步入近代化新阶段,史称"明治维新"。如若按照日本人多用实足年数计算年龄的习惯,则漱石与明治同龄。

夏目家曾是世袭的行政官僚。夏目漱石在东京新宿区诞生时,家道已经中落,其父只是该区属下的一名小官吏。其母是续弦。夏目漱石是众多子女中的幼子,出生后未受重视,不久被送入旧货商盐原家当养子。婴儿时期的漱石常坐在笋筐里,同那些旧货旧物一起陈置于地摊。五年后,漱石被送回夏目家。至于复籍生家,漱石已二十一岁。当时夏目家的长子次子相继因肺病而死亡。看来,自小不运的经历,使漱石对"人间爱"敏感不凡,以至于后来的漱石文学在表现"人间爱"方面亦丰富多姿。

一八八一年,夏目漱石十四岁,他离开东京府第一中学,转入二松学舍求学,打下了汉学的基础。汉文的素养使漱石文学别具一格,使他驰骋文坛得心应手。比如"浪漫"的汉字译词,就出于漱石之手而被沿用至今。当时,"浪漫主义"这一受西欧影响而风行日本的时髦流派,由森鸥外译作"传奇主义"。

其实,夏目漱石为生计虑,起先是想学建筑的。后来听从朋友米山的建议,感到选建筑专业是出于一己之得失,有志者当以天下为己任而改选文学。

一八九三年,夏目漱石从当时的东京帝国大学英文专业毕业,因爱吟咏汉诗,兼受中学时代的好友正冈子规的影响,便致力于俳句的创作。这在后来的漱石文学摆脱俗气、俗臭,显示出脱俗性上,有着无与伦比的作用。"漱石"这个笔名典出中国南北朝时期的名著《世说新语·排调》,涵有固执异癖之意。由此亦可窥见夏目漱石之情趣所在。

此时,夏目漱石有志于英文和英国文学的教学及研究工作,在旧制高等学校执教鞭,讲授英文,没有写小说的打算。

一九〇〇年,夏目漱石作为日本文部省第一批公费留学生,赴伦敦研究英文,颇感夙愿得偿。但是,赴英伊始,伦敦生活费之高昂使他拮据不安,经常嚼饼干充饥,闷闭于宿舍攻读英国文学著作。不久,他似有所悟,对这种研究产生狐疑,开始探索文学之真髓。为了这个新的大课题,夏目漱石节衣缩食,购买参考书籍,潜心研究,以致疏忽了向文部省的汇报,受到重责。

发愤研究的结果,夏目漱石写出了《文学论》。与此同时,留学经费之不足,贫困的生活现状,加上可怕的孤独感,使他的神经衰弱症日益严重。在留学期限临近之时,文部省闻说夏目漱石有病态发作之虞,遂发电,命另一名旅欧留学生护送精神异常的夏目漱石提前回国。

一九〇三年,夏目漱石回国,作为小泉八云的继任者,在第一高等学校任教,并在东京大学讲授英国文学、《文学论》以及《文学评论》。但是,两年有余的极不愉快的留学生活和苦痛体验,使他对研究英国文学日益感到不安和空虚。加上精神状况每下愈况,夏目漱石遂在朋友的怂恿下,走上了创作之路。换言之,夏目漱石年近四十才开始写小说,这是小说家中颇为罕见的。但是,正因为如此,夏目漱石的小说往往蕴藉着圆熟深邃的人生哲理。第一部小说《我是猫》是借猫之眼来洞察人类社会,痛快淋漓地讽刺并鞭笞社会的功利、卑俗、傲慢、野蛮,描写了明治时代知识分子的良心,使人感受到人生和人性深处的真相。

夏目漱石是日本较早接触西洋文化和西洋文明的知识分子,亦较早洞察到日本的西洋文明化有重大弊端。

一九〇七年,夏目漱石不堪教师生涯的身心折磨,应朝日新闻社予以大学教授同等待遇之聘,进入朝日新闻社,成为报社专职作家,一年须发表十二篇作品。嗣后,夏目漱石在《朝日新闻》上络绎发表连载小说。入社后的第一部长篇连载小说是《虞美人草》。接着是爱情三部曲《三四郎》《后来的事》《门》。

夏目漱石在不失为优秀的青春小说《三四郎》里,描绘了纯朴无邪的青年三四郎与明治新女性美祢子之间不存在爱情的爱情模式。而《后来的事》则旨在表明,爱的价值源泉当存在于"自然天成"之中,不在于神,亦不在于近代西欧的个人主义。换言之,爱的源泉是日本人心灵深处的自然天成。《门》描绘了自然天成左右人生的幸与不幸。至此,在爱情问题上承上启下的三部曲长篇小说谱完终章。但弦外余音,不一而止。譬如:人们在内省之下,决心不顾社会制裁也要归依自然之昔我,其结果,会不会陷入以更深的内省再度否定目前之自我的境地呢?

兼有东西文化教养的夏目漱石,在爱情三部曲里描绘了受西欧影响的"恋爱",这种"爱"既不同于日本旧有的上对下之"恩爱",也不同于男女之间的"性爱"。这使当时的读者饶有兴味,与此同时,漱石又融入东洋文化的特点,强调"爱"受"自然"所涵,爱的形式须以自然为源泉。读来隽永可亲。

《门》完成后,夏目漱石到伊豆的修善寺静养,一度严重吐血,生命危笃。起死回生后,心境有颇大的变化。在此期间,漱石坚决推辞文学博士的称号,令世人惊叹。

在嗣后的三年里,夏目漱石发表了以缀短篇为长篇形式的《春分之后》、描绘身心疲惫与文学生涯的长篇小说《行人》、描述三角恋爱中日本人文学理念观的长篇小说《心》和自传体性质的长篇小说《路边草》。

一九一六年，夏目漱石在上一年连载完《路边草》后，发表连载小说《明暗》，但未及完成而病逝。终年四十九岁。

夏目漱石还撰有众多"意余于言"的随笔。就其文章来说，乃是日本语的范文。在中国，文学本源于经史一类的正统文章，有"言无文，行不远"之说。日本自古以来受中国的影响，亦以随笔、日记文学为正统，体现文人的品学和地位。

夏目漱石在去世前一年写下的杂感性质的小品集《玻璃门内》，多为生与死的思索。漱石认为"死"是至高的境界，同时慨叹人无法摆脱"生"的本能和执著。

夏目漱石本擅长刻划人心深处的葛藤，小说很少直接道及其个人的生活和思想。但随笔一卸小说樊篱，剖析内在的自我，诙谐、困惑、敦厚、淳朴、真实，乃是洞察漱石内心世界和复杂人生观的重要途径。

夏目漱石年谱

一八六七年（庆应三年）出生

二月九日（旧历正月五日），生于江户牛込马场下横町（今新宿区喜久井町一番地），为第五子。本名金之助。父名小兵卫直克。母名千枝。父亲掌管牛込十一町，明治维新后任区长。

一八六八年（庆应四年·明治元年）一岁

十一月，成为曾为夏目家门生的盐原昌之助的养子。

一八七二年（明治五年）五岁

养父盐原昌之助，为养子金之助办理入籍手续。

一八七四年（明治七年）七岁

十二月，入读户田小学。同年，养父母关系不和。回生身父母家一段时间后，被养母接去同住。

一八七五年(明治八年)八岁

由于养父母正式离婚,户籍虽还在盐原家,却被夏目家带回。

一八七六年(明治九年)九岁

转读市谷小学。常去说书场旁听。

一八七八年(明治十一年)十一岁

转读锦华小学。

一八七九年(明治十二年)十二岁

三月,入读东京府第一中学。

一八八一年(明治十四年)十四岁

一月,母千枝去世。四月,转入汉学堂二松学舍,学习汉学。

一八八三年(明治十六年)十六岁

七月,为备考大学预备学校,入读成立学舍。

一八八四年(明治十七年)十七岁

九月,入读东京大学预备学校预科。与柴野(中村)是公、太田达人、佐藤友熊组成"十日会",成为亲密好友。

一八八六年(明治十九年)十九岁

四月,东京大学预备学校更名为第一高等中学。九月,决意自立,与柴野是公一起成为江东义塾教师。初见正冈子规。

一八八七年（明治二十年）二十岁

一月，取得第一高等中学第一名的成绩，自此至毕业成绩始终保持首位。三月，大哥去世。六月，二哥去世。家运衰败。

一八八八年（明治二十一年）二十一岁

一月，户籍复归夏目家。七月，第一高等中学预科毕业；九月，升入本科。起初志愿为建筑专业，后在同学米山保三郎的建议下改报英文专业。

一八八九年（明治二十二年）二十二岁

在正冈子规的《七草集》上发表评论，首度以"漱石"署名。此后，与子规交往甚密。八月，与同学游房总半岛。九月，将写就的纪行汉诗文集《木屑录》寄予子规，子规惊叹于其文才，二人交往进一步加深。

一八九〇年（明治二十三年）二十三岁

七月，第一高等中学第一部本科毕业。九月，进入帝国大学文科大学英文专业。

一八九一年（明治二十四年）二十四岁

七月，敬爱的嫂子登世（三哥之妻）去世。暑假，与中村是公、山川信次郎登富士山。

一八九二年(明治二十五年)二十五岁

二月,受同校教授迪克逊之托,开始《方丈记》的英译工作。为豁免兵役,四月将户籍移入北海道,成为北海道平民。七月,与子规首次游历关西地区。与子规分别后,在二哥遗孀家乡冈山稍作逗留。八月,前往松山拜访子规,与高浜虚子结识。八月下旬,返回东京。十月,在《哲学杂志》上发表诗评。

一八九三年(明治二十六年)二十六岁

一月,在文科大学英文学谈话会上发表题为《英国诗人关于天地山川的观念》讲演,引起巨大反响。七月,帝国大学文科大学英文学科毕业,进入帝国大学研究生院学习。十月,于东京高等师范学校任英语教师。

一八九四年(明治二十七年)二十七岁

神经衰弱症加剧。

一八九五年(明治二十八年)二十八岁

一月,应聘《日本通信》记者,未获录用。四月,辞去高等师范学校教职,成为爱媛县寻常中学(今松山中学)教员。同年,子规由甲午战争战场上归来,二人频繁交游,切磋俳句。

一八九六年(明治二十九年)二十九岁

四月,转任位于熊本的第五高等学校。在菅虎雄处暂住,五月搬至熊本市内下通町。此后,在熊本一地的搬迁就达五次之多。六月，与中根重一的长女镜子成婚。同年，再度开始汉诗创作。

一八九七年(明治三十年)三十岁

三月，《项狄传》书评发表于《江湖文学》。四月，回东京的意愿与以文学安身立命的想法日益增强。六月，父直克去世。七月，回东京，探望子规。九月上旬，将经历了流产的妻子镜子留在老家，只身回到熊本。十二月末到第二年正月，与山川信次郎游历小天温泉。

一八九八年(明治三十一年)三十一岁

镜子孕吐厉害，情绪不稳。十月，岳父中根重一辞去贵族院书记官长一职。

一八九九年(明治三十二年)三十二岁

四月，在《杜鹃》上发表文章《英国的文人与报纸杂志》。五月，长女笔子出生。八月，《小说〈艾尔温〉的批评》在《杜鹃》发表。与山川信次郎登阿苏山。

一九〇〇年(明治三十三年)三十三岁

五月，受文部省之命，作为第一批公费留学生，赴英留学。九月，由横滨出发。十月，登陆意大利热那亚，途径巴黎，抵达伦敦。在巴黎参观了世博会，登上了埃菲尔铁塔。抵达伦敦后，游览了伦敦塔、大英博物馆、威斯敏斯特宫。十一月，作为旁听生开始在伦敦大学上学。由莎士比亚学者克雷格博士为其单独授课。

一九〇一年(明治三十四年)三十四岁

一月,次女恒子出生。四月,寄给子规、虚子的三封信以《伦敦消息》为题登载于《杜鹃》五月、六月号上。五月,和池田菊苗同住。八月,参观卡莱尔博物馆。八月前后,《文学论》构思定型。

一九〇二年(明治三十五年)三十五岁

九月,子规去世。神经衰弱症发作。秋季,为排遣心绪,练习骑自行车。十月,旅行至苏格兰。十二月,乘坐“博多丸”轮船离开伦敦,踏上归国路。

一九〇三年(明治三十六年)三十六岁

一月,回到日本。四月,就任第一高等学校英语教员、东京帝国大学文科大学讲师。在大学讲授“《织工马南》”与“英文学概说”课程。七月,神经衰弱症加剧,与妻子分居到九月上旬。九月,开讲《麦克白》,此后为莎士比亚的作品连续开课。同时,继续教授“英文学概说”课程(最后一讲是一九〇五年六月)。十月,三女荣子出生。是年,以英文作诗多篇。

一九〇四年(明治三十七年)三十七岁

一月,《关于麦克白的幽灵》发表于《帝国文学》。十一月,应高浜虚子之邀,创作了可以在文章朗读会“山会”上诵读的短篇作品《我是猫》第一回。十二月,《伦敦塔》《卡莱尔博物馆》脱稿。

一九〇五年(明治三十八年)三十八岁

一月,《我是猫》在《杜鹃》、《伦敦塔》在《帝国文学》、《卡莱尔博物馆》在《学灯》上陆续发表。《我是猫》获好评,在《杜鹃》(二月至十月)上连载至第六回。四月,《幻影之盾》在《杜鹃》上发表。六月,《琴之空音》在《七人》上发表。"英文学概说"课程结束之后,开设"十八世纪英文学"(之后汇集为《文学评论》)课程。九月,《一夜》在《中央公论》上发表。十月,《我是猫》上篇由大仓书店·服部书店出版。十一月,《薤露行》在《中央公论》发表。十二月,四女爱子出生。

一九〇六年(明治三十九年)三十九岁

一月,《趣味的遗传》在《帝国文学》发表。《我是猫》(第七、八回)在《杜鹃》发表。三月,《我是猫》(第九回),四月,《我是猫》(第十回)、《哥儿》,分别发表在《杜鹃》上。五月,短篇集《漾虚集》由大仓书店·服部书店出版。八月,《我是猫》(第十一回)在《杜鹃》上发表,全篇完结。九月,《草枕》在《新小说》发表。十月,《二百十日》在《中央公论》发表。举办第一届"木曜会",此后每周四夏目门生汇聚一堂。

一九〇七年(明治四十年)四十岁

一月,中篇集《鹌鹑笼》由春阳堂出版,《台风》在《杜鹃》发表。四月,辞去东京帝国大学、一高教职,在池边三山的劝说下入职朝日新闻社。在东京美术学校发表题为《文艺的哲学基础》讲演。五月,《文艺的哲学基础》在《东京朝日新闻》发表(至同年六月)。

《文学论》由大仓书店、《我是猫》下篇由大仓书店·服部书店出版。六月,长子纯一出生。二十三日,入朝日社的第一篇作品《虞美人草》在《东京朝日新闻》(至十月二十九日)以及《大阪朝日新闻》(至十月二十八日)上连载。

一九〇八年(明治四十一年)四十一岁

一月一日,《矿工》在《朝日新闻》(至四月六日)上连载。《虞美人草》由春阳堂出版。二月,发表讲演《创作家的态度》。六月,《文鸟》在《大阪朝日新闻》发表。七月,《梦十夜》在《朝日新闻》(至八月)上连载。九月一日,《三四郎》在《朝日新闻》(至十二月二十九日)上连载。《草合》由春阳堂出版。十一月,《答田山花袋君》在《国民新闻》发表。十二月,次子伸六出生。

一九〇九年(明治四十二年)四十二岁

一月,《永日小品》在《东京朝日新闻》(至二月)和《大阪朝日新闻》(至三月)上发表。三月,《文学评论》由春阳堂出版。五月,《三四郎》由春阳堂出版。六月二十七日,在《朝日新闻》(至十月十四日)上连载《后来的事》。九月至十月,应满铁总裁中村是公之邀,游历满洲与朝鲜。十月,《满韩处处》在《朝日新闻》(至十二月)上连载。十一月二十五日,在《东京朝日新闻》上开设"文艺栏"。

一九一〇年(明治四十三年)四十三岁

一月,春阳堂出版《后来的事》。三月一日,《门》在《朝日新闻》(至六月十二日)上连载。二日,五女雏子出生。五月,作品集《四篇》

《后来的事》夏目漱石自书原稿

由春阳堂出版。六月,在《门》的创作期间,胃病发作,入长与胃肠医院。七月下旬,出院。八月,前往伊豆修善寺温泉疗养。二十四日,因胃溃疡大量吐血,不省人事。九月,状况好转。十月,返回东京。再次入住长与胃肠医院。热衷于汉诗和俳句的创作。二十九日,描绘病中心境的随笔《回想种种》在《朝日新闻》(至翌年二月二十日)上连载。

一九一一年(明治四十四年)四十四岁

一月,《门》由春阳堂出版。二月,拒绝接受文学博士称号,引发热议。七月,《科贝尔先生》在《朝日新闻》发表。八月,为参加大阪朝日新闻社举办的讲演会而赴关西一带。在明石、和歌山、堺、大阪发表《道乐与职业》《现代日本的开化》《内容与形式》《文艺与道德》等讲演。入住汤川胃肠医院。九月中旬,返回东京。十月,朝日新闻社内部发生纠纷,池边三山辞职,因不忘池边招自己入社的恩情继而表明辞意,被挽留。"文艺栏"废止。十一月,五女雏子夭折,受打击。

一九一二年(明治四十五年·大正元年)四十五岁

一月二日,《春分之后》在《朝日新闻》(至四月二十九日)上连载。二月末,池边三山去世。三月一日,追悼文《三山居士》在《朝日新闻》发表。《春分之后》脱稿后,沉醉于书画与汉诗的世界。九月,春阳堂出版《春分之后》。十月,《文展与艺术》在《东京朝日新闻》发表。十二月六日,《行人》在《朝日新闻》上开始连载。

彼岸過迄

敬太郎の留桶の前へ腰を

掛けさせてゐる時、三助に

どうしてお若い身体を全く湯の中へ

流しの上へべたりと胡座をかいた

「貴方は好い体格だね」と云つて敬方印の肉

付を夢める。

「是で近頃は大引悪くすつと方です」

漱石

17

一九一三年(大正二年)四十六岁

一月,讲演集《社会与自我》由实业之日本社出版。四月七日,胃溃疡复发,卧病,《行人》连载至第三十八回《回来之后》,中止。康复后,跟随津田青枫作油画。九月十七日,再开《行人》连载,发表续篇《烦恼》(至十一月十五日)。后随津田潜心于水彩画、南画的制作中。

一九一四年(大正三年)四十七岁

一月,大仓书店出版《行人》。《内行与外行》在《朝日新闻》发表。四月二十日,《心》在《朝日新闻》(至八月十一日)上连载。六月,户籍由北海道移回东京。八月,在《东京朝日新闻》上发表《科贝尔先生的告别》。九月,《心》由岩波书店出版,为岩波茂雄的创业纪念作品。十一月,在学习院辅仁会讲演,题为《我的个人主义》。

一九一五年(大正四年)四十八岁

一月十三日,随笔《玻璃门内》在《朝日新闻》(至二月二十三日)连载。三月,岩波书店出版《玻璃门内》。游京都。四月,胃病复发,卧床,召镜子前往京都。十七日,回东京。六月三日,《路边草》在《朝日新闻》(至九月十四日)上连载。是为唯一自传体小说。十月,《路边草》由岩波书店出版。秋冬之际,芥川龙之介、久米正雄、松冈让、和辻哲郎等参加"木曜会"。

一九一六年(大正五年)四十九岁

一月,评论《点头录》在《朝日新闻》上发表。五月二十六日,《明暗》在《东京朝日新闻》(至十二月十四日)和《大阪朝日新闻》(至十二月二十七日)上连载。十一月十六日,多位门生参加"木曜会"(此为最后一次)。二十一日午前,《明暗》第一百八十八回终稿。二十二日,前夜胃病恶化,欲续写《明暗》而不得。十二月九日,因胃溃疡离世。翌年一月,《明暗》由岩波书店出版。

《行人》夏目漱石自书原稿